崎義一の優雅なる生活

BLUE ROSE

JN228623

角川文庫
21546

目次

BLUE ROSE

序

「じ、つ、に、胡散臭《うさんくさ》い」

カスタムテイラードの上品なダークスーツに包まれた長い脚をこれみよがしに左右大きく組み替えて、イタリア製の真っ白な最高級の革張りのソファへキングのようにゆったり寛《くつろ》ぎながら、絶世の美男子がにやりと笑った。

足元には二頭の犬が、主人を守る番犬のようにきちんと座して彼の両脇に控えていた。だが二頭のうち、どちらも彼の犬ではない。

彼がソファへ腰を下ろしたのとほぼ同時に、名前を呼ばれたわけでもないのにどこからともなく現れた二頭は、命令されてもいないのに示し合わせたように二頭揃ってソファの両脇へ、ソファセットの下のみに敷かれた手織りラグのペルシャ段通を避けるようにして、模様と配色の美しいローザオーロラの大理石の床へと自主的に座したのだった。

サルーキとボルゾイ、優雅で物静かながら反面、狩猟犬としても優秀な短毛と長毛が特徴の中型犬と大型犬。

それぞれに躾《しつけ》の行き届いた聞き分けの良い賢い犬ではあるが、基本主人以外には懐かない犬種である。にもかかわらず。

珍しい光景、だが、彼に限っては珍しい光景ではない。

よその犬ですら従えさせるなにかが、この男には、あるのだ。

それにしても。

人を食った笑みすらも様になる。──いっそ俳優にでもなればいいのに。と、いつもなんとなく感じている、長年の友人でもあり、恐らく（本人に告げたことはないがかなり重症の）信奉者のひとりなのかもしれないジェイコブ・エリアスバーグは、アメリカ人にしてフランスの小洒落《こじゃれ》た匂いと日本の漆のような艶《つや》やかなエキゾティシズムを強く感じさせる魅惑的なブレンドの持ち主へ、

「きみなら必ずそう言うと思ったよ、ギイ」

笑みを返した。

マンハッタンのミッドタウンにある高層ビル、北側の窓からは南北へ（正確には北東から南西へ）縦に長く緑豊かなセントラルパークが淡く赤茶けた色合いの建築群の中央を貫いて、視界のずうっと奥まで広がっているのが見える。

摩天楼ともコンクリートジャングルとも形容され、実際少しでも空き地があるとすかさずそこに建物が建ち、既存のアパートメントさえ眺望権を争うように上へ上へと伸びてゆく、マンハッタンは常に至るところで工事をしている街である。

スピードと活気に溢《あふ》れ、ニューヨークダウに象徴される世界経済の中心とも呼べるマンハッ

タンを構築している基礎は、岩と石と緑と水だ。それらの上に、最先端の、ジャンルの異なる様々なものが文字通り、乗っかっている。

ヨーロッパから入植にきた人々が当時目にした（マンハッタン島とその後命名された）二本の大きな川に挟まれた野性味溢れる巨大な中洲《なかす》、その景色と、本質的には今も大差ないのかもしれない。

「ほっほーう」

柔らかそうな栗色の前髪から覗《のぞ》く形の良い眉《まゆ》を、器用にも片方だけやや上げて、「想定しているにもかかわらず敢《あ》えて話すのにはそれ相応の理由があるとでも、ジェイ？」

ギイが訊《き》く。

胡散臭さの検分をどうしてやろうかといわんばかりの美男子の挑戦的な眼差《まなざ》しに、

「もちろん」

だが引くことなくジェイコブは、気楽な調子で肩を竦《すく》めて両手を広げると、「多忙な友人に与太話《Idle Gossip》を聞かせるためにわざわざ呼び出すと思うかい？」

と続けた。

南側の窓から昼下がりの、四月に入ってようやく春めいてきた穏やかな陽光が差し込んでいる高層ビルの高層階にある、とある会員制のクラブ。

クラブといっても麗しい女性が常駐しているそれではなく、アルコホルは飲めるが酒場ではなく社交場、つまりクラブという名の〝主催者の存在しないサロン〟である。

イギリスの伝統ある保守的なジェントルメンズ・クラブのような、女人禁制男子のみ、入り口を守るバトラーは女王でさえ足を踏み入れることを許さない、もちろん加入は男子といえど紳士に限られる、などという基準はここにはないが、——これも時代の波なのか、当のイギリスの超保守的なクラブでも限定的に女性の入会を認めているのだそうだがさておき、その年会費（身元保証を兼ねる入会費ではなく、ただの年会費である）だけで、物価が高く、無論家賃も高くて有名なマンハッタンのかなり広い部屋が数年借りられるような、ここは、性別も紳士であるかも問わないが、莫大《ばくだい》な財を持つ限られた一部の者のみが在籍を許される特別な場所なのである。

　モットーは、永世中立国スイス連邦の銀行よりも固く秘密が守られる場所。

　噂では（飽くまでこれはただの噂なのだが）情報収集に血道を上げる世界有数の諜報《ちょうほう》機関ですらここで交わされる会話に関しては手が出ないとかどうとか。

　年がら年中ここで重要な会話を交わしているわけではないが、ともあれ〝寛げる〟というのは大事なことだ。

　ギイは意外そうに目を見開き、

「多忙、ねえ」

　呟《つぶや》くように繰り返して、またにやりと笑う。

　組んだ脚の膝《ひざ》から先をちいさな子どもがやるように小刻みにぶらぶらとさせて、犬たちが動きに合わせて鼻先を揺らしているのには目もくれず、いつまでもにやにやとこちらを眺めているギイにジェイコブはだんだん居心地が悪くなってきた。

「……なんだい、ギイ」

「いや、別に？」

楽しげに否定しつつも、ギイはにやにや笑いもぶらぶらもやめない。——良い意味で相変わらずのジェイコブに、かなり気分が良かったのだ。

このところギイに対して友人の多くが二言目には、

「その年齢でリタイア《隠居》とは、いったいなにを考えているのだ！」

と、憤懣《ふんまん》やるかたない感情をあからさまにぶつけてきていた。

こうしている間にもひっきりなしに着信しているモバイルへのメールも、リタイアに対するクレームであろう。

幸か不幸か今日現在、数回生まれ変わっても贅沢三昧《ぜいたくざんまい》が可能なくらいに増えてしまったとてつもない額の個人資産と、やりたいことはすべてやりきってしまった目的のなさとでギイは、三十歳になるかならないかという短い人生の中で、ではあるが、これまでに体験したことがないほどの〝多忙ではない日々〟を過ごしていた。

次から次へと仕事をこなし、常に世界中を飛び回っていたせいで、そんなに激しく動き回ってちっともじっとできないとは、お前は動きが止まったら死んでしまうサメなのかと友人たちにからかわれることも一度や二度ではなかったが、世界の果てであろうとかまわずにフットワーク軽く飛び回るのが性に合っていたのだが、——ここにきてピタリと止まった。

だ、る、ま、さ、ん、が、こ、ろ、ん、だ。

で、ストップモーションがかけられたように。

極端から、極端。

そんなギイの現状をジェイコブは知ってか知らずか、慮《おもんぱか》るように〝多忙〟という表現を使ったのだが、彼は、ギイのたくさんの友人の中でも群を抜いて純真な男なのである。

彼の、透けるように美しい青い瞳と同じくらい。

ギイの髪や瞳は光の加減で金色にも映る薄い栗色で、日本人に四分の一フランス人の血が入ったクォーターなのだが、日本では珍しいクォーターなれどアメリカ、しかもここ人種の坩堝《るつぼ》の異名を持つニューヨークのマンハッタンに於《お》いてはよくある話で、こんなにすっきりと自分に流れる祖先からの血筋を説明できる者ばかりではない。

現に目の前のヨーロッパ系アメリカ人であるジェイコブ・エリアスバーグは、スウェーデンやらオランダやらブルガリアやらチェコにどこそこと、なにやらもっとたくさんの血が何分の一かずつ混じっているのだ。国籍こそアメリカだが、厳密にはなに人なのか本人にすらどうまとめてよいかわからないかもしれない。

流れる血は複雑でも、人柄はシンプルなジェイコブ。

よって、〝多忙〟は厭味《いやみ》ではなく、ただの情報収集不足の顕《あらわ》れであろう。

「与太話そのものはかまわないさ。久しぶりにジェイに会う理由がくだらない噂話をするためであったとしても、それはまったくかまわない」

折り入って話がある、できれば会って話したい。と久しぶりに連絡があった友人から指定された待ち合わせ場所がこのクラブだったので、それなりに重要な話をしたいのであろうと容易に推察できたのだが。

ギイはようやくにやにや笑いを引っ込めると、真面目な表情で、下から覗き込むようにジェイコブの顔へ視線を流すと、

「ただそのネタは歓迎できないな。オレに持ちかけられるオールドバイオリンの都市伝説は、たいていオチがオレのストラド狙いだ。それに対しては正直かなり辟易《へきえき》している」

持ち主にバイオリンを弾く趣味がなく、かつ収集の癖もなく、投機や投資の目的でもない、オークションではなく楽器商から通常の手続きで購入した博物館クラスのストラディバリウスを所持している、という情報は、付け入る隙が山ほどありそうなのにその実どのアプローチもすげなく断られる、という結末とセットである。

売ってくださいのお願いもレンタルの申し込みも門前払いを続けているのだが、にもかかわらずギイが保有するストラドを狙って、金銭で心動かされないのであればの苦肉の策であの手この手のアプローチがまま繰り広げられるのだが、彼らの下心をざっくりまとめると、

「またとない逸品が出ましたからつきましてはあなたがお持ちのストラディバリウスと交換しませんか？」

である。

交換！　その単語が出た時点で胡散臭さが満載だ。

真贋《しんがん》の判定が専門家でさえ難しいといわれるオールドイタリアンの弦楽器。加えて、本物であったとしてもそれが使い物になる楽器かどうかはまた別の話だ。

単なる詐欺まがいの金儲《もう》けを企《たく》むのならばまだしも、大金を出しても必ずしも手に入るとは限らない本物で且つコンディションの良いストラディバリウスを詐欺まがいの手段で手に入れようとする行為には、心底呆《あき》れるばかりである。

とてもまともに付き合いきれない。

「ギイのストラディバリウスにも興味はあるけど、それは今回は関係ないよ」

ギイの視線を正面から受け止めて、純真でシンプルな男が誠実に返した。

悪魔のバイオリンとも魔性のバイオリンとも称されるアントニオ・ストラディバリ（ラベル表記はラテン語でアントニウス・ストラディバリウス）製作のバイオリン。今から三百年以上も昔にチェロやギターを含め千百挺《ちょう》ほどが作られ、数々の戦火や様々な思惑にまみれつつも現在六百挺ほどが現存しているという。――正確な数字がわからないのは、楽器が流転を重ね続けるので不明な点が多々あり過ぎるせいである。

現存している楽器なのにもかかわらず時に幻の名器と呼ばれ、故に贋作《がんさく》も数多《あまた》存在し、いかがわしい取引の対象になったり、また都市伝説も非常に多い。

「関係ないならありがたいが、ジェイ、この際だから付け加えておくが、あれはオレのものだが今はオレの手元にはない」

アメリカに拠点を置く世界的企業Fグループのトップを父に持つ、巨額の個人資産を持つだけでなく御曹司でもあるギイこと崎義一《さきぎいち》。幼少時バイオリンを習い始めた折りに父親が愛息子《まなむすこ》にと買って与えたのがストラディバリウスであった。

「ああ！　もしかして、日本にあるのかい？」

なにを察したのかジェイコブが、にこにこ笑う。

ギイで日本、とくれば、行くとなかなか戻ってこない、がセットになっているのだが、その理由を果たしてジェイコブは知っていたであろうか？

「そうだよ。日本にある。ジェイにしては良い読みだな」

「簡単な推理だよ。バイオリニストのサチ・イノウエにレンタルしているんだろ？　彼の演奏は本当に素晴らしいよね。チェコの親戚の家へ遊びに行ったときに彼のモーツァルトを聴いたんだ。とても感動したよ！」

サチ・イノウエ。――井上佐智《いのうえさち》。

天使の容貌《ようぼう》の（子どもの頃ならいざ知らず、三十男にいまさら〝天使〟の形容詞はいかがなものかと思われるのだが、年齢不詳の外見のせいで未《いま》だに佐智は世界的にその形容詞を使われている）日本を代表する天才バイオリニスト。

ギイの幼なじみで親友で、悪友でもある。穏やかで優しい人柄なれど、唯一ギイに対しては存外容赦がないのである。

「あの夜の演奏会で弾いてたバイオリンがギイのストラディバリウスだったんだね！　いくら気心の知れた幼なじみでもかのストラディバリウスをぽんと託せてしまえるだなんて、きみたちは本当に仲が良いんだね」

「いや佐智は――」

言いかけたとき、足元のボルゾイがハッとしたように鼻先を出入り口へ向けた。サルーキも凜《りん》とした目線を出入り口へと向けている。

ボルゾイは別名ロシアン・ウルフハウンド、サルーキの別名はガゼル・ハウンド。どちらも猟犬を指すハウンドが付くだけあって獲物に対して鋭敏で、走行能力が高く、加えてボルゾイは狼に対抗できるほどの強力な嚙《か》む力を持ち、サルーキはごつごつした岩山や砂漠であってもすばしこいガゼルを延々追い詰めることのできる耐久力を持っている。

そんな二頭が注意深く様子を窺《うかが》う出入り口から、数秒と経たずにスーツ姿の大柄な青年が走り込んできて、

「おおっ！　ギイ、やっとみつけたぞ、おい！」

勢いのまま走り寄ると、ホールドをかけるように背後からがしっと抱く。

瞬時に二頭の犬が臨戦態勢に入った。

吠《ほ》えはしないが、じっと青年を注視している。

ふざけているのか果たして主人の（主人ではないが）危機なのか、慎重に見極めているかのようだ。

サロンの隅に控えていたクラブでの飲食全般を担当する燕尾服《えんびふく》のサーバーが、緊張を漂わせる犬たちの動向を心配して近寄ろうとしていたのを目で制し、ギイは犬たちへ大きく手のひら

を広げて見せると、ゆっくりと下ろす。

途端に二頭の犬はその場へ静かに伏せをした。

察しの良い方々にはもうおわかりかと思うが、二頭はこの会員制クラブで飼われている犬たちである。従業員が個人的に飼っている犬ではなく、バトラーたちと共にクラブに居住している犬だ。

「逃げるなギイ」

ただのおふざけではあるが、スーツ姿の屈強で精悍《せいかん》なプエルトリコ系の男にがっしりホールドされていると、まるで、NYPDの私服警察官に犯行現場で取り押さえられた犯人のような気分になる。

「逃げやしないよ」

降参のポーズで、開いた両方の手のひらを見せ、抗《あらが》うのは体力の無駄使いなのでのんびりとされるがままにしていると、大理石の床へ派手に靴音を鳴らしながら続けざまに数人の男たちが入ってきた。

「本当にいた！　ギイ！」

「お前なあ、いい加減電話に出ろよ！　無視するな！」

「なんだなんだ？　俺たちからの誘いは無視なのに、ジェイとは連絡取ってるのか？　ギイ、なんでジェイだけひいきするんだよ！」

「こら老人！　若返りの薬を持ってきてやったぞ、飲めよほら！」

彼らの手には数本の赤ワインの瓶。

まだ真っ昼間だというのにすでにどこかで飲んでいたかのようなテンションの高さだが、走って駆けつけた勢いで赤ら顔になっているだけで、どうやら全員素面《しらふ》である。

「ねえ、赤ワイン振り回しちゃ駄目だよ、澱《おり》が攪拌《かくはん》されて味が濁るよ？」

純真でシンプルであるが故にどこか的外れな（指摘は正しいのだがそこじゃないだろ！という意味で）ジェイコブの突っ込みに、

「てか、お前なジェイ、なんでふたりっきりでギイと会ってるんだよ。裏切り者か!?」

矛先がジェイコブにも向けられた。

「裏切り者？　どうしてだい？　久しぶりにギイと会ってるだけなのに？」

不思議顔のジェイコブへ、

「まさか知らないのか!?　ジェイ！」

「ォマイガッ！」

信じられないとばかり、皆が天を振り仰ぐ中、

「知らないならば教えてあげようジェイ。どうやらギイは、アトランティスで隠居生活を始めるらしいよ」

ひとりが冷ややかに言った。

あからさまなギイへの皮肉であったが、

「アトランティスって、カリブのあのラグジュアリーなホテルの？」

インペリアルスイートルームが一泊数万ドルという世界屈指の超高級ホテル。

「違う違うジェイ、ディランが言おうとしたのは観光地の超高級ホテルでバケーション、って話じゃない」

「失われた大陸の方のアトランティスだよ」

「ああでも確か、この前、カリブ海でそれらしい海底遺跡が発見されたんだよな」

アトランティック《大西洋》でアトランティス（かもしれないもの）が。

「そうか。ならばジェイ、奇跡的にカリブは正解かもな」

「正解じゃない。そいつはフランス発の詐欺目的のフェイクってオチがついてる」

「おい。紛らわしい情報を差し込むな、アトランティスは関係ないだろ」

「そもそもジェイにはブラックなその手のユーモアが通じないんだよ」

　彼らの読み通り、

「すごいなギイ、ついに海底遺跡の調査にも手を出すんだね！」

　素直に感嘆するジェイコブへ、

「ほーら、話がアトランティスに限定された」

「いやそうじゃなくてジェイ、つまりギイは僕たちを捨てて、どこか僕たちの誰も行けないような場所で抜け殻のような生活を始めるらしいということなんだ」

「抜け殻のような生活を？　え？　それ、楽しいのかい？」

　ジェイコブの問いに、

「知らないよ！」

　皆が声を合わせてギイを見た。「答えろよ、薄情者！」

　一斉砲火に首を竦めつつギイは、

「さあ……？　多分、楽しいんじゃないのかな？」

　楽しさを求めてリタイアを決めたわけではないから、そこはさほど重要ではないのだが。

「わかった。どうせまた日本に行くんだろ？」

「さては日本人になるつもりだな。それでリタイアなんて単語を使ったんだな」

「だったらリタイアじゃなくロングロングバケーションってことにして、のんびりするのに飽きたらまたこっちに戻ってくればいいだろ」

「だからアメリカを捨てるなギイ！」

「アメリカを捨ててもいいがマンハッタンは捨てるなギイ！」

「アメリカもマンハッタンも捨てていいから俺たちは捨てるなよギイ！」

「Company, halt!《全体、止まれ！》」

　ギイの号令で、隊列が一糸乱れず止まるように皆がぴたりと押し黙った。

　ニューヨーカーの特徴であるスピードの速さ。歩調だけでなく口調も速い。とにかく速い。

　沈黙は金との価値観もあるが、ニューヨーカーにとって通常営業のマシンガントークは、場合により相手に向ける敬意であり、接客業に於いてはサービスである。そしてもちろん友情の厚さもマシンガントークと化すのである。

そしてもうひとつ。同じニューヨーク市民でありながら、クイーンズやブロンクスやその他マンハッタン島周囲の区域の者たちからは、マンハッタンはとても特別だと思われている。世界で最も刺激的で魅力ある、世界で最も繁栄し続けている素晴らしい都。言葉に表しがたいほどの憧《あこが》れを込めて。

あの川の向こう側、マンハッタンはニューヨークじゃない。アメリカの中のひとつの国であると。

それはマンハッタンに住む者にとっても同じことだ。敢えて口にはしないけれども、その大いなる誇りを深く静かに感じている。

そのマンハッタンを引き合いに出すほどに彼らの訴えが切実であると理解しているギイは、

「オレは〝捨てる〟なんてひとっことも言ってない」

きっぱりと否定した。

すべての事業から手を引いて、あらゆる事柄からしばらく距離を置きたいと思っていたのは事実だが、

「頼むから、勝手に話を飛躍させるなよ」

「だったらここにいるんだな？」

「マンハッタンから出て行かないな？」

「もうリタイアしたんだから、これからは毎晩俺たちと遊べるよな」

「――いや、それは」

どの要望も無理である。

どうせまた日本に云々《うんぬん》の件《くだ》りで、内心密《ひそ》かにぎくりとしていた。なんて鋭い連中なのかと。

こうなった経緯を彼らに説明したくないわけではないのだが、けれどどんなに言葉を尽くして説明したところで、自分ですら把握しきれていない〝凪《なぎ》〟のような今の心持ちを、人生の夏も盛りと熱いエナジーに満ち満ちて活動している彼らに理解してもらうのは、かなり難しいと思われた。

問題は、自分にある。

現在の心境を理論的に説明できない、自分にだ。

彼らを納得させられるような充分な説明ができない以上、余計なことは言わない方が賢明であろう。

それに、納得はさせられなくてもポジティブな彼らは勝手に対応策を見つけ出す。

「いいかい、今夜の目ぼしいパーティーは五つ。主催者はそれぞれファッション誌、画廊、政治家の資金集め、三つ星フレンチレストランの新シェフお披露目、それから、METのリゴレット今シーズン最終日。ギイ、どれにする？」

「リゴレット！　今シーズンは今夜が最後だったのか⁉」

しまった。そっち方面はすっかりと失念していた。

賛否が大きく分かれるところだが、今までのオペラにはなかった斬新《ざんしん》な演出が評判で、マンハッタンにいる間にぜひ観ようと思っていたのだが。

である。

「忘れてたのか？　らしくないなあ」

「ギイ、きみのファミリー、確か数十年来のＭＥＴのパトロンだろ？」

パトロンとは、『The Metropolitan Opera』のすべてを心から愛している高額寄付者のことである。

「そうだが、そうだけど、……参ったな」

オープニングのナイト・ガラで斬新なリゴレットを大絶賛していた両親は、恐らく（都合さえつけば）今夜のリゴレットにも行くだろう。頼めば息子のチケットくらい楽勝でどうにかしてくれるであろうが、というか、候補に挙がったということは彼らのつてでも入手は可能ということで、ではなく。

「最も食事に期待できるのは、やっぱりフレンチレストランだよな」

「たくさんの美女を堪能《たんのう》したいならファッション誌だろ？　外せないぞ」

「政治家に恩を売るのは？　やっておかなくていいのか？」

「画廊のは個展ってことだろ？　先行投資の対象になり得る掘り出し物だったらどうする？」

「いやあここは絶対にリゴレットだろ。俺たち若造がＭＥＴのパトロンのお歴々とお近づきになれる滅多にないチャンスだ」

「でも最終日とはいえオープニング・ガラほどじゃないだろ？　今夜はさほどパトロンは観劇に来ないかもしれないぜ？」

「なにを言ってるんだ、来月早々にＭＥＴのオペラシーズンは終了なんだぞ。来季にリゴレットがまた上演されるかわからないんだぞ。あれだけ話題になったオペラが今夜で見納めかもしれないんだぞ」

「ああ、ならば、集まるか」

「集まるね、マンハッタンの文化的な重鎮たちが」

「――ならば今夜はMETか？」

「済まない、みんな」

「まだ謝るなギイ」

「そうだ、謝るな」

彼らはわざとギイの顔を見ない。

「わかった！　なら今夜はヌードルを食べに行こう。ラーメンだ、なんとかいう、日本でも有名な店が新規に開店してたよな」

「ラァメンもいいが、イザカヤは？　イザカヤでエダマメ」

「スシでもいいぞ。ギイ、日本が恋しいんだろ？　な、スシにしよう」

「本当に、済まない」

「だぁかぁらぁ、まだ謝るなってば」

「今夜は無理だ」

「なら明日は？」

「……無理だ」

「いつまで無理なんだ？」

「……決めてない」

「だったら決めてから行けよ」

「そうだそうだ、ちゃんと俺たちと約束をしてからどこへでも行けよ」

「じゃなきゃ今度は僕たちが日本へ押しかけるからな」

「あっそうか！　日本なんてここから直行便で十時間ちょっとだ。俺たちが行けばいいのか」

「ではこうしよう。俺たちはギイを引き留めないかわりにギイは俺たちのテキストにちゃんと返信する。——どうだ？」

「いいね。あと、誰かタクミの連絡先を知らないか？」

「タクミ？　誰だい？」

ジェイが訊く。

「知らないのかジェイ？　タクミとは、ギイがなかなか日本から戻ってこない原因だよ」

「そうなんだ？　ギイはその人と組んで日本でビジネスでもしてるのかい？」

「ビジネスパートナーからビジネスを外した関係だよな、なあギイ？」

「ただのパートナーってこと？　——ああ、そうか。なるほどね」

恋人か。と、ジェイが頷《うなず》く。

「ギイが俺たちからのテキストをシカトしてもタクミが返信してくれれば問題はない」

「日本人は律義だからな、きっとちゃんと返信してくれるはずだ」

「返信なんか期待しなくても、いっそタクミがこっちに来ればいいんだよ。そうしたらギイはずっとマンハッタンにいられるじゃないか」

「それは名案だ。そしたら俺もタクミと友人になれるだろうな」

「いや無理だろう。とにかくおとなしいんだ。ぜんぜん喋《しゃべ》らないんだ。ミステリアスなんてもんじゃない。彼がなにを考えてるのか俺にはまったくわからなかった」

「思い出した。そうだそうだ、まるでデパートのショーウインドウに飾られたマネキンのようだったよな」

「じっとそこに立ってるだけ！」

「きみたちの迫力に圧倒されてたんだよ」

「そうだった！　タクミはあのとき喋りもしなかったし動きもしなかった！」

「いや、動いてはいたよ。生きてるんだから」

「俺たちがあれだけ話しかけてもちっとも応《こた》えてくれなかったことからして、もしかしたらタクミは俺たちのことが嫌いなのかもしれないな」

「それはない。単にきみたちのマシンガントークについていけなかっただけだよ」

彼は、日本人の中にいてでさえおっとり気味なのだ。通算三度目のマンハッタンだというのに、相変わらずこの街の速いスピードに乗り損ねてばかりいた。

「いやいやいや、だってニコリともしなかったじゃないか」

「そんなことはない。ああ見えて、楽しんでたよ、ちゃんと」

ギイはきっちりと断言した。

ギイにしてみれば託生《たくみ》の纏《まと》う空気感とかそもそもその存在自体が愛らしくてたまらないが、お世辞にも彼は可愛らしい顔立ちをしているわけではない。客観的な視点に立てば、やや辛口の個性的な造形なのだ。

東洋人は無表情でなにを考えているかわかりにくいと言われがちだが、確かに託生は普通にしているとミステリアスでもあるし、不機嫌そうに映らなくはない。

しかも相当、緊張していた。

恋人の地元の友人たち、それもがんがんにマシンガントークを繰り出す大きな異国の男たちに囲まれて、かろうじてどんな会話が繰り広げられているのかは理解していたようなのだが、質問をされても答えを脳内で日本語から変換している間に話題が次々移ってしまい、結局一言も発せずじまいになっていた。

だがそれでも、託生はとても楽しんでいた。

彼らに会えて嬉《うれ》しかったと、喜んでいた。

「タクミはニューヨークに来ていたことがあるんだ？」

「何年か前にね。しばらく滞在してたらしいけど、俺たちには一度しか会わせてくれなかったんだなギイが」

「どうして？」

「さあ？　おい、どうしてだよギイ」

「一度は会わせたんだからそれで充分だろ」

「決まってるさ、独り占めしていたかったんだよな、なあギイ」

「ということは、タクミの連絡先、俺たちに教える気はないいな？」

あるかないかと訊かれたら、

「……まあな」

教える気はない。

「ひどいなギイ。きみはとんだ薄情者だ」

「そうだそうだ、ひどいぞギイ」

「タクミにも選択の自由を与えてやれよ、独裁者め」

「オレが罵《ののし》られるのはかまわないが、その件に関しては、きみたちが思う以上にデリケートな問題なんだよ」

英文のメールに英文で返信を送るなど、あいつの語学力では一日仕事になってしまう。

託生は律義だ。友人たちの読みどおり（日本人だからなのかはともかくとして）、間違いなく、託生はとことん律義なのだ。

英文に英文のメールを返す。彼らには普通のことでも託生には違う。絶対に、大きな負担になる。そんな荷物は背負わせられない。

「こんなことなら、あのときタクミに連絡先を訊いておけば良かったな」

「俺も会ってみたかったなあ、ギイのパートナー」

「今度きみにも紹介するよ、ジェイ」

「一度きりだなんて、足りないね、まったく足りない。あれじゃあ僕には理解できない。タクミのどこが、ギイをそんなに惹《ひ》きつけてやまないのかが」

「俺もだギイ、理解できない」

「わかった。努力する。でもマンハッタンにいてはあいつの良さは伝わり辛《づら》いかもしれない」

どんなに楽しんでいたと本人が言っても、ツノに触れられたカタツムリのように、なにかにつけて託生は引いていた。

ここでは託生は、反射的につい縮こまってしまう。

ここは、腕に覚えのある人たちが世界中から集う街。誰よりも一歩前へ、昨日の自分より更に前へ、と、パワフルに挑戦し続けてる人々が集う場所なのだ。

生きる姿勢だけでなく住まう人の体内時計すら変えてしまう、急《せ》かされるような速度感に満ちた埃《ほこり》っぽくて混沌とした街。

昨日の自分を乗り越える努力ならばもちろん託生にもできるであろうが、彼は、他人を押しのけてでも前へ出るような、そういう激しさを持ち合わせていない。

きつく出られたら引いてしまう。

相手の不手際や理不尽な応対には〝強いクレーム〟が基本のマンハッタンに於いて、引いてばかりいたならば、ここではやられっぱなしだ。

ギイにとっては愛しくてならないどこまでも柔らかな託生の感受性と、残念ながらマンハッタンは、さほど相性が良くないのだ。

「どういうことだ？」

「日本にいるタクミが魅力的ってことか？」

「なら、やっぱり俺たちが日本へ行けばいいんだな」

「……日本」

ジェイがちいさく繰り返す。

「なあもしかして、タクミを理解するのに日本語も必要ってことか？」

「日本語！——日本語かあ……」

世界でも習得が難しいとされる言語のひとつだ。

書き文字だけでも漢字にひらがなカタカナと三種もあり、敬語などという厄介なものまで存在し、頭脳明晰《めいせき》な彼らでさえ、躊躇《ちゅうちょ》を余儀なくされる言語のひとつ。

「Darn it! なんだよギイ、なんだって選《よ》りに選って日本人に惚《ほ》れるんだよ！　日本語なんてなあ、日本語なんてなあ——！」

「切れるな、大丈夫だ、ものすごく効果的なDVDがあるらしい。知り合いがそれで日本語を楽々習得したと言ってた」

「え？　なになに？」

「そんな魔法のようなDVDがこの世にあるのか？」

「後でみんなに回すから、さらっとクールに習得してみんなで日本に行ってタクミに会おう」

「いいね、そうしよう！」

それがどの程度の〝ものすごく効果的〟なＤＶＤなのかは知らないし、彼らに押しかけられて託生が諸手《もろて》を挙げて歓迎するとも少々考え難《にく》いのだが、

「わかった。みんなが来るのを楽しみにしているよ」

いつまでも首元から外れない友人の逞《たくま》しい二の腕をぽんぽんと軽く叩《たた》きながら、ギイは愛想良く微笑んだ。――よしんば納得させられなくても、ポジティブな彼らは勝手に対応策を見つけ出す、のだ。

1

音楽の道に進んで最初に気づくことは、

「音楽で食べて行くの、——不可能だ！」

という現実である。

もちろんごくごくごくごく一握りの人々はこの限りではないのだが、考えてみれば当たり前なのかもしれない。

毎年音大からは何百人もの音楽家の卵が輩出されるのだ。

それが毎年繰り返される。それどころか既に何十年も繰り返されている。日本中にいったいどれほどたくさんの音大卒業者がいるのか。

そしてその中で演奏家として食べて行けてる人は、いったい……。

うっかりと、いまをさかのぼること十年以上、正確にはかれこれ十三年前の高校時代に、世界で活躍する天才バイオリニストなどという存在と懇意になってしまい、そこから、一流どころか〝超一流〟の演奏家とも縁ができ、まるで『音楽をする人は演奏家であることが普通』のような錯覚に陥ってしまったのは、なんというか……、人生最大の不幸であろう。

生涯錯覚し続けていられるほどもし才能に恵まれていたのならば、むしろ最大の幸福といえるのだが。

「……教職取るべきかな、どう思う？」

「なんで？　学校の先生になってどうするの？」

「ソリストコースで教職って、おかしいでしょ。というかそれって負け組コースだよ？」

「でもうち、みんなみたいにお金持ちじゃないから、卒業後のことなんか考えなくていいってわけじゃないもの。せめて教職取って先生の資格だけでも――」

「だからその考え方がすでに負け組なんだってば。教職の勉強する暇があったらレッスンしなさいよ。あなたがいるのソリストコースよ、ソリストコース。その意味わかってる？　演奏家を目指すコースでしょ」

「んー……そうだけど、でもなあ……」

保険を掛けておきたい、卒業後の人生のために。

気持ちはわかる。ものすごーく、わかる。

心の中で大きく頷きながら、葉山《はやま》託生は大学のカフェの、隅も隅、まったくもって眺めのよろしくない（壁と仕切りと店内の一部しか目に入らない）いつもの隅の席で、ひとり書類を広げつつ、春になると（一部の）新入生によって必ず展開される会話を（聞こえてきてしまったので）聞くとはなしに聞いていた。

つい先日、入学式を済ませたばかりの新入生が四年後の、卒業後を想定して講義を選ぶという夢のなさは致し方がないことで、なにごとも準備が大事なのである。

四年間の大学生活をどう構築するかは自分次第。

卒業してからの道を誰かが用意してくれるわけではないのだから、四年後に泣くようなことにならないよう、今から準備するのは大事なことだ。

そしてもうひとつ、

「そもそもなんで卒業してからの心配なんかするのよ。必要ないじゃない」

と然《さ》もなく言い放つ裕福な家庭環境の子女の多さに驚くのもまた、庶民な音大生が直面する現実のひとつである。

彼女ら彼らの感覚は、いざとなれば親の会社に就職するか、就職なんかしないで自由に生活すればいい。なのである。

託生の実家も、貧乏でこそないが、大学卒業後にフリーターをしていても生涯食べるに困らない、などという経済状態ではない。

高いお金を出して音大を卒業させてもらった以上、その後の生活は（友人たちの中には実家に仕送りしている親孝行ものがいるけれど、薄給でそこまではできないとしても）せめて自力で自活せねば。

必須《ひっす》と選択、年間を通しての講義の一覧が印刷された用紙を手に、新入生の女の子たちが、窓際のテーブルを囲んで賑《にぎ》やかに相談を続けている。店内はそれだけで華やかだ。

外にオープンテラスの席もある、大学内では一番広くてお洒落《しゃれ》なカフェ。

正門からまっすぐのびた幅広の銀杏《いちょう》の並木通りを校舎群へと進んでゆくと、最初に目に付くカフェでもある。

目立つので、最初の待ち合わせにはたいていここが使われるが、もちろん普通の待ち合わせにも使われたり、時間潰《つぶ》しに使われたり、カフェで提供されている週替わりのケーキが、敢えて公表はされていないのだが、実は近くの美味《おい》しくて有名なとある行列のできるスイーツ店のパティシエが大学用に特別に（しかもお手頃価格で）作って卸しているものであると知っている、情報通でかつグルメな学生には、週に一度は必ず立ち寄りたい場所でもある。

窓際の女の子たちのテーブルには飲み物だけでケーキは置かれていないので、それはこれからの楽しみのひとつとなるであろう。

「どの講義を受けるのか、全部自分で決めないといけないの？」

「必須科目は強制だから関係ないけど、選択の方はそうだよね。単位をちゃんと埋めないと、だから、逆算すると一年の前期にはこのあたりをふたつみっつ受けないと、かなあ？」

どの講義を、どのタイミングで受けるのか。一年生の一年間だけでなく、大学在学中の四年間で必要な単位を漏れなく取得しなければ、卒業後の心配をする前に卒業そのものの心配をせねばならなくなる。

新入生の中には、端《はな》から学校の音楽の先生になりたくて音大に入学してくる学生もいるのだが、それとても現実には狭き門だ。

高校にしろ中学にしろ、音楽教諭の資格を取るのはさほど難しくはないのだが、果たして卒業後に本当に学校の先生になれるかは、大いに疑問だ。

教員採用試験による採用枠は、プロの（自称、ではなく、それで食べていける）演奏家になれる枠ほどではないにしろ、かなり狭い。

厳しい現実ではあるけれど、だがプロの演奏家にしろ学校の先生にしろ、どんなに狭き門であろうと通れないわけではない。

通れる人も、いるにはいる。

そんな、将来への期待と不安が入り交じった、ひっくるめて、自分はどう生きたいのか、がじんわりと問われる生活がスタートする。

「大学って本当に受ける授業、全部自分で決めないといけないんだね」

「そっかー、高校までって楽してたんだ」

「授業割に文句もつけてたけど、自分で単位計算してあれこれ組む必要なかったしね」

三年間、学校が決めたとおりに乗っかって進んでいけば、ちゃんと卒業できる分の単位を取得できるシステムであった。

「誰かかわりに組んでくれないかなあ」

「ええー？　そこはさぼっちゃまずいでしょ。頑張って、自分でやらないと」

学校や教師の存在が煩わしいなどと反抗したりもするけれど、その高校時代がどんなに恵まれていたかを実感することになる、大学生活。

大人はもう、高校時代《いま》までほどには親身になってくれない。

「うわ、見てここ。講義以外にもノルマがある。年間で最低二十の演奏会を聴きに行くこと、だって」

「それって、コンサートでもいいのかなあ」

「クラシック限定とは書かれてないよ。いいんじゃない？」

「ねえねえ音コンの本選聴きに行くのも含まれるかな？　あれなら毎年行ってるし」

「あ、わたし、後輩の吹部の地区予選とか必ず聴きに行ってるんだけど、そういうのってカウントされないのかな？　対象外かなあ？」

「でもこれ、二十って、少なくない？」

「う。多いでしょ」

「少ないわよ。週に二、三回聴いてたら、二カ月でノルマ達成なのよ？　楽勝過ぎるわ」

「もしかして指定されたりするのかな。この演奏会の中から二十選びなさい、みたいな」

「ありえそう。でないと全部自分の好きな演奏会ばかりになっちゃうものね。勉強なんだから好き嫌い関係なく聴きなさい、かもしれないわね」

「ねえ、二十って多いよね」

「もう。あなたはもう少し、演奏会への通い癖をつけるべきよ。二十は少ないの」

「だって通い癖って言われても、そんなにたくさん演奏会なんてやってないでしょ？」

「これだから地方組は。やってるわよ、すごくたくさん」

　地方の事情のみしか知らない者には俄《にわか》には信じられないのだが、都内では（近郊を含め）、毎晩どこかでなにかしらの演奏会が聴けるのである。

チケット代はまちまちだが、規模の大小、有名無名にかかわらず、その気になれば、またジャンルを問わない〝広い意味での演奏会〟であれば、毎日通うことは可能なのだ。

「もしかして、学生課の廊下の壁に演奏会のチラシがずらっと大量に貼られていたのって、この課題があるからなのかな？　掲示された演奏会のチケットは学生割価格で学生課にて販売中って書いてあったし」

「学割きくの!?　良かったあ。助かるなあ」

「ええー？　学割の席ってどんなななのよ？　聴ければどの席でもかまわないってわけじゃないでしょ」

「ううん、聴ければどんな席でもいい。ぜーんぜん」

「うわ、信じられない。ねえ、音響って言葉、知ってる？」

新入生で、この時点で仲良くおしゃべりしているからといって、必ずしも皆が皆、高校からの友だちとは限らない。

同じ高校出身でもともと友だちというグループもなくはないが、単身入学している学生の方が圧倒的に多いのだ。

入試やガイダンスや大学主催の（学校案内を兼ねた）サマースクールで知り合って、そこから交流がスタートしているグループもある。

日本全国から集まっている学生たち。

家庭環境や地域事情の違い。

価値観の相違も面白い。

「まあまあ、本人がいいって言ってるんだから、いいじゃない」

「そうだけど……」

「じゃあこの問題は一応解決ね」

女の子たちの賑やかな会話へ被《かぶ》さるように、

「葉山さん、お疲れさまでーす」

テーブルの向かいの席へ男子学生がすとんと座った。

いきなり現れた学生に、ぎょっとしつつも広げていた書類をぱぱっと片付け、

「あれ？　この時間って空いてたんだっけ、篠田《しのだ》くん？」

と訊く。

「休講になったんでお茶しにきました。そしたら葉山さんがいつもの席でいつものように仕事してるのが見えたんで」

篠田泰介《たいすけ》。

ソリストコースの四年生。専攻はトランペット。

「ち、違います。ぼくはいつもここで仕事をしてるわけじゃありません。人聞きの悪いことを言わないように」

「へえ？　じゃあいつもその席でなにしてるんですか？　暇つぶし？」

「いや、そういうのでもないけど、というか、もし仮にぼくがここで仕事をしていたのだとしたら、篠田くん、きみ、仕事の邪魔をしに来たということになるんだけど？」

「あ。そうでしたね。しまった。それには気づかなかった。俺は完全に暇つぶしなんで、仕事の邪魔だったらすみません」

言いつつも、悪びれなく笑った篠田はカフェをぐるっと見回して、「残念。知り合いいないなー。葉山さんだけだ。ひとりでお茶するの淋《さび》しすぎるし、どうしようかなー」

歌うような軽い口調。

ひとりでお茶することが本気で淋しいわけでもなさそうなのだが、その席から動く気配もなさそうだ。

まあでも、どんなに長居されても次の講義までであろう。

ならば、いいか。

「きみが邪魔だという意味ではないよ。座っていいよ」

「ありがとうございます。じゃあ安心してオーダーできるな」

篠田は託生の前の空になったコーヒーカップを覗き込み、「ブラックですか？」

と訊いた。

「あ、うん、でも――」

まずい。この流れは。

「すみませーん、ここ、ブラックふたつ！」

「ちょ、篠田くん」

「コーヒーの一杯や二杯、助手が学生に奢《おご》られたくらいで教授たちから睨《にら》まれたりしませんって。心配性だなあ、葉山さん」

どのような外見をしているかはともかく、話してみると屈託ないのがトランペットの学生の特徴のひとつだ。ぱんと突き抜けた強い音を出す楽器を演奏しているからか、全体的に社交的できさくである。

そして、トランペット専攻の男子学生には彼女持ちが多い。

彼ら曰《いわ》く、告白にまったく抵抗がない、のだそうだ。――ウラヤマシイような、スエオソロシイような……。

そうこうしている間に、

「お待たせしました。ブラックコーヒーふたつですね。五百円になります」

運ばれてきてしまったコーヒーを、テーブルで現金決済している篠田を遮って、自分の分は自分で支払うと主張するのもなんだか狭量のような気がして、

「ありがたくいただきます」

託生がカップを受け取ると、

「いえいえ、席料ということで」

篠田が笑った。

それにしても。

「せっかく時間が空いたなら、楽器の練習するとかは？」

この時間帯ならば、常に熾烈《しれつ》な争奪戦が繰り広げられている練習室も余裕で借りられるはずである。

「よもや休講になるとは思わなかったんで。実技の授業もない日だし、今日は楽器持って来てないです」

「……そうなんだ。それは惜しいことをしたね」

「葉山さん、俺がここにいるのそんなに迷惑ですか？　追い払いたいですか？」

察しの良い篠田が訊く。

「そうじゃないけど、いや単にね、時間はもっと有効にね、使うべきかなと」

こんな冴《さ》えないオッサン(？)と向かい合ってコーヒーを飲むよりも、他にもっともっと有意義な過ごし方があるのではないかと思うわけです。老婆心ながら。

「これはこれで有効だと思いますよ。葉山さんといると迂闊《うかつ》に人が寄ってこないし、俺としては、けっこう有効な時間の使い方だと思いますけど」

「……人が寄ってこないのが、有効？」

「人に煩わされずにまったりしたいときってあるじゃないですか、そういうときに」

「ごめん。ぜんぜん、わからない」

「だって、とっつきにくいオーラ、ありますよね、葉山さんて。良い意味で」

「とっつきにくいはどう転んでも良い意味にはなりません」

「でも雰囲気がそうじゃないですか。外見が、人を選んでるっていうか」

「ぼくの外見が人を選んでる？　どういう意味だい？」

「とっつきにくさがひとつのハードルになっていて、葉山さんて、無意味に知らない人から話しかけられる頻度は少なそうです」

「ああ、……まあ、それはね、そういうところはあるかな、たぶん」

歩いていて道を訊かれる経験は、ほとんどない。

第一印象で、外見で怖がられることはないけれど、進んで話しかけられるかと訊かれたら、確かにそうではない。

ほんのりと、ぎくしゃくした空気が、たいてい、流れる。

「実際には話しやすいですけど、葉山さんて。それってけっこうなギャップですよね」

「自分ではまったくわからないけどね」

とっつきにくい外見かどうか、実際に話しやすいのかどうか。

「ところで葉山さん、さっきちらっと見えちゃったんですけど、その書類もしかして、夏休みのオケ部Aチームの計画表ですか？」

託生は訊かれて、素早く集めて裏返しておいた書類を更に手前に引き寄せた。

「……勘だけでなく目もいいんだね、篠田くん」

「そんなに警戒しないでくださいよう」

篠田は笑うと、「やっぱり。さすがに仕事が早いなAチームは。うちも急がないとまた割りを食うかな」

「Bチームの計画書もすでに出ているよ。きみには見せられないけどね」

「俺もBチームの一員なのに？　関係者でも見ちゃダメですか？」

「Bチームの津村《つむら》部長から、篠田くんたちには絶対に見せないよう釘《くぎ》を刺されているんだよ」

「俺たちには？　って、俺たち名指しされちゃってるんですか？　どうして――。ハッ。さては津村女史、合宿の希望地を軽井沢《かるいざわ》にしてるんじゃないですか？」

「さあ？」

「待ってください葉山さん、軽井沢は買い物狙いの女子たちが騒いでるだけです。不純な理由なんですよ」

「買い物？　――ああ、アウトレットね」

国内有数の大きなアウトレットショップが、合宿所の近くにある。

「ひどいなあ。来年は伊豆《いず》にしようって去年の合宿のときに皆で話し合ったはずなのに」

「へえ……」

これはどっちもどっちの匂いがする。

女子部員の勝手を指摘しているけれども、篠田を疑うわけではないが〝皆〟の中に果たして女子部員は含まれているのであろうか。

「葉山さん！　第一希望、伊豆に変更プリーズです」

「そんなことして後でバレたら、きみ、津村部長に殺されちゃうかもしれないよ」

「だって葉山さん、うちの大学の合宿所、伊豆と軽井沢以外はあと山中湖《やまなかこ》ですよ？　だったら伊豆が一番楽しいに決まってるじゃないですか！」

篠田ほどには勘のよくない託生にも、わかっている。

彼が力説する理由はひとつ。

軽井沢や山中湖では女子部員は水着で海で遊ばない。

「楽しさを主張されても、篠田くん。オーケストラ部の強化練習の為の合宿なんだから、場所なんてどこでもいいんじゃないのかなあ？　その中でも特に山中湖は最も誘惑が少なくて、練習に集中できる素晴らしい場所だよ」

「葉山さんっ！　若いのになに枯れたオヤジみたいなこと言ってるんですか！　夏ですよ！　夏の合宿なんですよ！」

篠田の勢いに、

「……そうだけど」

思わずひるむ。

篠田が託生を何歳だと思っているのかは知らないが、大学生に若いと言われるほど若くはない。今年の夏が二十代最後の夏なのだ。

アウトレットでの買い物も魅力的だがそれだけでなく、当の女子部員たちが伊豆を却下して軽井沢を希望しているその意図を、少しは男子部員たちも汲《く》めば良い気がするのだが、余計なことは言うまい。今は。

「葉山さんだって伊豆が良いですよね！　白浜《しらはま》のビーチとか、最高ですよね！」

「……まあね」

砂浜を否定する気はもちろんないが、こんなに下心ありありでは、女子部員たちに引かれてしまうのはもう絶対にやむを得まい。

彼女たちだとて、恋人とのデートならばそれは砂浜だろうと水着だろうとオーケーだと思われるのだが。

「そうだ！　葉山さんは今年はどっちに参加ですか？　AですかBですか？」

ここ桜ノ宮坂《さくらのみやさか》音楽大学にはオーケストラ部がふたつある。

ロマン派を境に、弦楽器が主に活躍する古典派寄りの曲をレパートリーに多く持つAチームと、金管パートが比較的活躍する近現代寄りの曲をレパートリーに多く持つBチーム。

余談だが、それらとは別にオーケストラからコントラバス以外の弦楽器が外されクラリネットやサキソフォン属が大幅に加わった吹奏楽部もひとつある。そして吹奏楽部の中に金管楽器のみで編成されたブラスバンド部、というか、ブラスバンドチームも存在する。

部としては三つだが、室内楽やらの合奏は部活動とは関係なく常時いろんなバージョンで組まれているので、学生はかなり忙しい。

話を戻して、Aチームには部長を兼ねる第一バイオリンのコンサートマスターが、Bチームにも部長を兼ねる第一バイオリンのコンサートミストレスがおり、ABそれぞれに数名の指揮者がいる。指揮者に関しては指揮科の学生だったり作曲科の学生だったりするのだが、それぞれの部の運営委員はそこにパートリーダーが加わった複数のメンバーで構成されている。

「どちらでもないよ。今年は多分、オケ部の夏合宿には参加できそうにないんだ」

「えええ、残念だなあ。葉山さんいてくれるとちょいちょいナイスなアドバイスをしてもらえて、すごく助かるのに」

「持ち上げられても、ぼくは書類にはノータッチだから。このまま事務局に提出するから」

「え。じゃあ、さっきはなにを見てたんですか？　書類の不備のチェックとかですか？」

「そうだよ。抜けがあったら確認して埋めてもらわないとならないからね」

「抜け、ありました？」

「ノーコメント」

「いっそ希望地白紙にして、運を天に任せるとか」

「篠田くん、仮に希望地を伊豆にしたところで伊豆は競争率高いからね、狙ってるのはオケ部だけじゃないんだから、おかしな小細工して津村部長に嫌われるリスクをもう少しちゃんと考慮した方がいいよ。大きなお世話かもしれないけれど」

言うと、なにかを察した篠田が急にしおらしくなった。

「嫌われ、ますかね」

「彼女は少し潔癖なところがあるから、裏工作とか好きじゃないんじゃないかな」

にもかかわらず、部員たち全員の合意を得ぬままに、勝手に計画書を提出しようとしているのかとの突っ込みもあるかもしれないが、合宿の希望地とて、聞かなくてもわかりきった篠田たちの意見を含めた上での過半数の支持を得た場所なのである。

そういう意味では、津村部長はずるはしてない。

「……ですよね」

「それと、二股《ふたまた》もね」

篠田にはピアノ科の下級生に可愛らしい彼女がいる。それとは別に同級生の津村響子《きょうこ》のことを以前からずっと意識していた。

「………ですよね」

複雑な男心。彼女も好きだし、津村響子も気になるのだ。

篠田は上目遣いに託生を見ると、

「葉山さんて、意外に鋭いんですね」

「きみよりけっこう年上だからね、それくらいならぼくにもわかるよ」

「浮いた噂が一切ないから、葉山さんて恋愛とかまったく興味がないのかと思ってました」

「恋をしそうな雰囲気じゃないとは、よく言われるよ。それに、きみと違ってぼくはぜんぜんモテないしね」

「いや、俺もそんなにはモテてませんけど、そういうんじゃなくて、なんというか、……独身主義っぽいのかなと」

「独身主義のつもりはないけど、周囲にどう見られてるのかは、もう、どうでもいいんだよ」

気にしていたらきりがない。

そう、あんな人と付き合っていたら、すべてを『柳に風』と受け流すつもり、なくらいでちょうどよい。

「どうでもいいんですか？　タフですね」

「まあね」

だが元からタフだったわけじゃない。否《いや》が応でも鍛えられただけである。「ただし、どうでもいいといっても、二股かけるようなだらしない男だと思われて平気なのかと訊かれたら、それは違うからね。そっちの意味ではないからね」

「わかってますって」

篠田は笑うと、「大学生活最後の思い出に津村女史の水着姿を拝みたかったんだけどなあ、やっぱり無理かあ」

がっくりと項垂《うなだ》れた。

「――軽井沢の合宿所近くのリゾートホテルに、屋内プールがあるよ」

「えっ⁉　葉山さん、それマジですか⁉」

「マジです」

避暑地なはずの軽井沢、にもかかわらずのとんでもない真夏日に、あ、い、つ、あの男が嬉々《きき》として飛び込んだのがそのプールだ。

「さすが葉山さん、伊達《だて》に何年も助手してないですね！　軽井沢の合宿所近辺情報にも詳しいんですね！」

正しくは託生は桜ノ宮坂音大の〝助手〟ではないのだが、学生たちにはそうと認識されている。同大のほとんどの教授たちにもそう認識されている。

仕事の内容がまんま助手なうえに、いちいち訂正するのも面倒なので呼ばれるままにしているが、実際には大学に雇われている助手ではないので、何年経ってもどんな功績を挙げようとも、大学内では出世はしない。

そのうち、

「いい年をしてまだ助手なんですか？」

と、学生から無邪気にからかわれる場面にも遭遇するのであろう。——その年まで、自分はこの仕事をしているのだろうか。

考えると少し、微妙な気分になる。

もやっとする。将来を、思うと。

そのとき、カフェが急にざわつき始めた。

女の子たちのきゃーという、恥じらいつつも黄色い声が広がって、見ると、外に面した入り口に小柄な女の子が立っていた。傍らには、スーツ姿の長身の男性。

いきなりテーブルがガタリと揺れて、コーヒーカップもカタリと揺れた。

「——篠田くん？　どうしたんだい？」

動揺した表情の篠田が、テーブルの端をがしっと握って、

「ははは葉山さん、あれって、あれって——」

激しく動揺しつつも視線は女の子に釘付けである。

ふと、小柄な女の子がこちらを見て、

「あ。葉山さん！　こんにちはー」

親しげに託生へとちいさく手を振った。

その途端、カフェの中にいた学生全員が一斉に託生を見た。

ぎょっとしつつも、仕方なく、

「やあ、久しぶりだね、こんにちは」

託生も手を振り返す。

と、いきなり篠田にその手首をがっと掴《つか》まれ、

「葉山さん？　葉山さん！　ど、どーいうことですか？　知り合いですか？　まさかともだちではないですよね？　彼女とどういう関係ですか」

低く早口で質問された。

「どういうったって、彼女もうちの学生じゃないか」

アイドルの仕事が忙しすぎて滅多に大学には現れないが、ちゃんと一般入試で入学してきたれっきとしたピアノ科の学生である。

昨年四月、彼女が入学してきたばかりの頃は、初々しい女子大生となったアイドルのプライベート写真を狙ったマスコミや野次馬等で大学の周囲はかなり騒々しかったのだが、入学式に現れたきり待てど暮らせど彼女が大学に登校しなかった（仕事が多忙過ぎてできなかった）せ

いで、いつの間にやら静かになった。

天下のアイドルと同じ学び舎《や》で！　お近づきになれるかも！　とほのかな期待を抱いた者も少なくなかったかもしれないが、その皮算用も呆気《あっけ》なくはぜた。

結果、彼女が大学に在籍しているというのは幻か都市伝説なのでは？　の勢いで、学生たちからはすっかり現実味が失われていたので、

「それはそうですけどでもっ、いや、そーじゃないでしょ。接点？　そういうの？　どうなんですか？」

今日などは、完全なる不意打ちである。

「だってほら、ぼくは助手だし」

「でも葉山さんバイオリン科の助手でしょう？　彼女は確か、ピアノ科ですよね。管轄外なんじゃないんですか？」

「まあまあ。篠田くん、落ち着いて」

話せば長いし、そもそもあの事件は内容が厄介なので、人には詳しく説明したくない。

ピアノ科で、ソリストコースの、本来ならば二年生。——どんなに底上げをしても単位が足りず、もう一度一年生をやることになった件りは敢えて言わなくてもよいだろう。

「きゃー、シオンちゃんだ」

「ややや、ややだホンモノ？」

「細いっ！　顔、ちっちゃい！」

「かわいいっ。かわいすぎるっ！」

ファンからはシオンちゃんと呼ばれているが、芸名は『汐音』正しくは『しおね』と読む。発音しにくいからか誰かが勝手に『シオンちゃん』と呼び始め、今ではすっかりそれで定着してしまっている。

本名は、倉田《くらた》汐音《しおね》。

ピアノが弾けるだけでなく、歌って踊れて演技も上手な、とある大企業の社長令嬢である。どこかの誰かさんと同じ世界の住人である。

常に柔和な笑顔を湛《たた》えながらも眼差しは油断なく慎重な、明らかにマネージャーとわかる男性がざわつくカフェを順々に見渡していると、不意に悪戯《いたずら》っぽく微笑んだシオンちゃんがくいとマネージャーの肱《ひじ》を引き、耳元へなにやら囁《ささや》いた。

ふと。マネージャーの目と、託生の目が合う。

――嫌な予感。

シオンちゃんはご機嫌な表情で、まっすぐに託生へと歩いてくる。

「葉山さん、ちょうど椅子がふたつ空いておりますがどなたかお見えになりますか？　もしどなたもいらっしゃらないようでしたら、わたしたち、このテーブルでご一緒させていただいてもよろしいですか？」

アイドルの申し出に、篠田がかちんと固まった。

上品な口調ながらもこれっぽっちも物怖《ものお》じしないところが、さすが、本物のお嬢様である。

アノヒト、ナニモノ!?

託生に注がれる、痛いほどの周囲の視線。

——本当に。

「どうぞ。眺めは良くない席ですけどね」

あの男と付き合ってると、いろいろと、いろいろと！　大変なのである。

2

静かで、平和で、穏やかな人生って、……いいよね。

と、しみじみ思うようになった原因が、

「へえ、珍しいな。汐音、今朝は登校できたんだ？」

と笑った。いつものように、お気楽な様子で。

極悪宇宙人に突如地球が襲来されても、

『まあまあ。大丈夫、なんとかなるさ』

と笑って受け、なんだかで本当になんとかしてしまいそうな崎義一。賢さとか様々な分野のスキルの高さ以外に、不思議なくらいに強運なので、

「……それで、もし仮に宇宙戦争が始まったとしても、自分だけうっかり（もしくはちゃっかり？）助かるんだよ。そういうオチなんだよ、絶対に」

こっそり愚痴る。

爆弾ですら、ギイだけは避けて落ちそうな、そういうイメージ。

近くに引きの強い人がいると、その恩恵に与《あずか》るか、とばっちりで逆に嫌な思いをするかの、ふたつの選択が訪れる。強制的に。自動的に。

そんなもの、選びたくもないのに。

「なに託生？　いまなんか言った？　うまく聞き取れなかったんだけど」

「聞き取れなくていい」

「葉山さん。お兄ちゃまによろしく（ハートマーク&アイドルのきらきら笑顔付き）」

別れ際のシオンちゃんのセリフ。

もちろん〝お兄ちゃま〟とは崎義一のことであるが、ふたりは兄妹《きょうだい》などではない。ギイにはひとり妹がいるが、実の妹以外にもギイを兄のように慕う女の子は少なくない。

まるで、大量に親戚《しんせき》がいる〝従兄弟《いとこ》のお兄ちゃん〟のようである。

ギイの顔の広さは託生もよく知るところだけれども、それでも、ギイが知ってる人数より、ギイを知ってる人数の方が圧倒的に多いだろう。氏素姓だけで目立つのに本人がまたやたらと人を惹きつけるので、勝手に知り合いが増殖している感じである。

のであるが、ギイによればシオンちゃんは彼女が赤ちゃんだった頃からの知り合いなのだそうで、それこそ親戚のお兄ちゃんみたいな立ち位置で、なのでシオンちゃんのお兄ちゃま呼びに関しては託生としても黙認の方向なのである。

あんなにかわいい女の子に『お兄ちゃま』と慕われるなど。

正直、気分は少し、複雑だが。

黙認の、方向なのだ。

「だいたいね、ちっともぜんぜん笑いごとじゃないよ。おかげでこっちは一日にしてすっかり有名人になっちゃったよ」

あのシオンちゃんに声を掛けられた万年助手の人。と。

そもそも自分は助手ではないし万年って言われるほどの年齢でもないし加えてあんなにとっつきにくそうな冴えない男の人にどうしてあのシオンちゃんが？　的な、素朴で心ない感想まで囁《ささや》かれ。もうまったく！

耳目を集めたりしない、

「静かで平和で穏やかな人生を送りたいのに」

なのにまったく、またしてもコノヒトのせいで！

「なんだよ、そう睨むなよ、おっかないな」

「睨んでません。恨んでるんです」

託生が愚痴りたくなるのも無理からぬ現状。

「おいおい」

そっちの方がひどいじゃんか、と笑って、「そんなに気にするなって。どうせどんなに注目されたところでそんなもの一週間と保《も》ちやしないよ。すぐに〝静かで平和で穏やかな人生〟が戻ってくるって」

流行《はや》り廃りの激しい昨今。

「ヒトゴトだと思って気楽に言うけどね、ギイ」

「だってほら、A wonder lasts but nine days. って言うだろ？」

そう、『人の噂も七十五日』なんて格言があることすら、忘れ去られているかもしれない。

「なにそれ」

「なにって、ことわざ？」

「発音よすぎてわかりません」

「まーたまたー、もうけっこう聞き取れるくせに託生くんはー」

にやにや笑ってギイが託生の腕をぐいと引き寄せる。

大きな抱きぐるみと勘違いしているのではなかろうか？　級の躊躇《ためら》いのなさで、そのままぎゅぎゅっと抱きしめて、

「お前って、ホントーにかわいいよな！」

恋は盲目の男が言う。

「……かわいい？」

「きゃー、シオンちゃんだ」

「ややや だホンモノ？」

「細いっ！　顔、ちっちゃい！」

「かわいいっ。かわいすぎるっ！」


「――同じ単語とは思えない使われ方だ」

「なんだよ。かわいいものをかわいいと言って、なにが悪いんだよ」

「いや。……いいです」

この件に関しても、敢えて取り沙汰《ざた》はしない方向で。

いかんせん、他人の価値観というものは、たとえそれがかれこれ人生の半分近く付き合っている恋人のものとはいえ、何年経とうと、おそらく何十年経とうと、理解できないものは理解できないのだ。

それに、迂闊に掘り下げなどしたら、アメリカ人のはずなのに日本人の託生より遥《はる》かに達者な日本語を自在に駆使して、どれだけの圧倒的理論の報復が降ってくるか。――想像しただけでうんざりする。

すっかり流し上手になった自分に、拍手。

三十歳目前の、うだつも上がらずとっつきにくい外見と評判の託生に対して本気で『かわいい』を連呼する、職業こそアイドルではないけれどどこへ行っても超絶モテて、それこそ〝人生がアイドル〟のような男に、まともに対抗できる術《すべ》はない。

がたんと音がして、

「ってっ！」

見ると、ギイの膝がローテーブルのへりにぶつかっていた。

「わ。大丈夫かい、ギイ？」

「大丈夫だよ。てか託生、毎度のことながら、いちゃいちゃすんのにここ狭すぎ」

ワンルームの託生の部屋。もちろん賃貸。かなり、狭い。

大学生のときから現在まで一度も退去することなく住んでいる、学生がほんの数年住むつもりで借りるような部屋なので社会人の今となっては確かに手狭ではあるのだが、なんといっても家賃がとてもお安いのだ。

「学生時代ならともかくさ、なあ、いい加減、もう少し広いところに引っ越そうぜ」

おまけに大学まで歩いて行ける距離なのだ。

それゆえに、当時ここに決めたのだが、

「毎度のことながら、その提案、謹んでお断りいたします」

今となっては、歩いて職場に行けるのだ！

近くて安い。最高だ。

託生自身はそんなに物を増やすタイプではないので、今の広さでこれからもそれなりにやっていけると思われるのだが、一方泊まりにくるたびにあれやこれやと私物を持ち込み、さほど広くはない空間を更に手狭にしているのは当のギイである。

「狭い狭いっていつも文句を言うけどね、それ、自業自得だから」

だが託生は、ギイの持ち込みを拒否したことは（あきらかに図に乗り過ぎたバージョン以外は）一度もない。

「なんでだよ。ちゃんと部屋代、オレも払うって言ってるだろ」

「ギイ、滅多に日本にいないのに？」

たとえ置き忘れたTシャツ一枚であろうと、室内にギイの残り香や痕跡《こんせき》が増えるのは、好ましいから。

「折半にしたら、今と同じ予算でもっと広い部屋を借りられるだろ」

「ほとんど日本にいないんだよ、住みもしないのに、そんな人に部屋代を半分も払わせるわけにはいかないだろ」

「――たかれよ、そこは」

「いやです」

「頑固だなあ」

「どういわれようとも、いやです」

「……まったく、お前は」

ギイはくすぐったそうに、ちいさく笑う。

託生がギイの資産状況をどの程度把握しているかと訊かれたらほとんどまったく把握はしていないがそれでもうっすら、御曹司である部分を除外したとしても、とんでもない額の貯金を個人的に持っていそうだなとか、資産はともかくいつも仕事で世界中を飛び回り、年間相当稼いでいるんだろうな、とか、その程度のイメージは持っていそうだ。にもかかわらず、託生はギイの財布を当てにしない。

それはもう、付き合い始めた当初から、現在に至るまで、ずっとだ。

「たかって欲しいなあ、たまには」

おねだりとか、して欲しい。甘えてくれたら嬉しいのに。

「ちゃんと御馳走《ごちそう》になってるだろ、それ」

目の前のローテーブルに置かれた総菜の数々。星が付くイタリアンレストランのオーナーシェフが特別に作ってくれた、高級なデパ地下ものではなく通常ならばそれより更に高額なケータリングの範囲の品。

世界中の美味しいものや珍しいものを飽きるほど食べているギイは、存外コンビニ弁当も通りすがりの屋台のタコ焼きも好きである。さほど上手でない託生の手料理も喜ぶし、いつの間にやらすっかり上達してしまった料理の腕前を披露してくれることもある。

なんでもいいというと語弊があるが、要するにギイは、今夜はイタリアンレストランのオーナーシェフの料理が食べたかったのだ。

託生はそれに関して、とやかく言わない。

自分の好みを押し付けるなよ、とも言わない。

もしくはギイは、今夜はイタリアンシェフの美味しい料理を託生の部屋でふたりっきりで食べたかったのかもしれないし、もしくは、自分はともかく、託生に、食べさせたかったのかもしれない。――美味しいから。

お前にも見せたいんだよ。

いろんな景色を。

ギイが託生を旅行に誘う動機はいつもそれだ。

わかちあいたい。オレは、お前と。

「……今回は、いつまで日本にいるの？」

距離は遠く離れても、いつも気持ちは寄り添おうとしてくれる。

わかっているから、とやかく言わない。

わかっているから、踏み込まない。

彼には彼のフィールドがあり、自分にも自分のフィールドがある。

「それなんだけどさ」

ギイは託生をぎゅっと抱きしめたまま、「オレ、仕事ぜーんぶ、やめてきちゃった」

耳元で囁いた。

3

「馬鹿なの!?」

滅多に耳にすることのない自分への評価。しかも託生の口から出るとこれがえらく新鮮で、ものすごく楽しい。

とか言ってると、ふざけるなとまた罵られそうだ。

「馬鹿なの!?」

だが何度思い出しても楽しいものは楽しいのだ。

この記憶を土産に海外で一年は仕事ができそうなくらい、気に入ってしまった。

本気の罵り。——本気の心配。

「……愛されてるなあ、オレ」

ああどうして録音していなかったのだろうか。録《と》っておけば良かった。なんて惜しい。

ですか？」

「はいはい。それはわかりましたから義一さん、そろそろそのにやけ顔、やめてもらって良い

ギイの父親の秘書でありながら、近年はギイのマネージメントまでばりばりさらりとこなしている島岡《しまおか》が、「義一さんには時間はたっぷりおありでしょうが、自分にはないんです。忙しい中をやりくりしてまいりましたから」

冷静に、事実という名の嫌みを口にする。

託生の朝の出勤に合わせて、ギイは都内の実家に帰宅した。実家といっても、現在は家族の誰も住んではいない。広くて近代的でとんでもなく贅沢な東京都内の一軒家だ。

崎家の本拠地はニューヨークで、維持管理のための使用人を複数置いてはいるが基本空き家状態で、ほったらかしでもいろいろ経費はかかるのでもったいないからいっそ託生に住んでもらいたかったのに、当然のように却下された。

こんなに広くてしかもギイのいない（要するに赤の他人の）家に、いくら住み込みの使用人たちがいても（いや、むしろいるからなのか？）ひとりで住むのは無理、だそうだ。しかも、基本は留守でもたまに家族の誰かがふらっと帰ってきたりするので、それも含めて、

「絶対無理！」

なのだそうだ。――残念。

託生の神経が図太くて死ぬほど贅沢にできていたら、喜んでここに住んでくれるだろうし、ギイのお金で好き放題に家の中を自分好みに改造してしまうだろうし、仕事の合間にその家に

帰ることを想像すると、どこまでも託生の色に染まった空間、それはそれで楽しそうなのだがそもそも、神経が図太くて死ぬほど贅沢な託生なんて託生ではないので、ギイの妄想だけに留《とど》めておく。

「っていうか、いま島岡、オレのこと義一さんって呼んだよな？　オレ、すべての仕事にきっちり引き継ぎ済ませてきたぞ。やるべき仕事は残ってないはずなのに、なんで仕事モードなんだ、島岡？」

年齢はそこそこ離れているが、子どもの頃の初対面から不思議とやけに馬が合い、仕事だけでなくプライベートでも親しくしている島岡は、仕事のときは義一さん、プライベートのときはギイと呼ぶ。

「実はですね、社長が義一さんに、日本でいうところのアルバイトをしないかとおっしゃってまして」

「親父が？　オレにバイトのススメ？」

驚いた。「なんだそりゃ。そんなことをオレに伝えるためだけに、島岡、わざわざ、——どこから来たって？」

昔からギイとふたりでいると、年の離れた兄弟《きょうだい》に間違われることの多い島岡隆二《りゅうじ》。顔の造作に似ている部分はまったくないが、なんとなく纏う雰囲気が似ているのだそうだ。

託生に言わせると、顔の造作だけでなく雰囲気すらもまったく似てないのだけれど、お互いの遠慮のなさは兄弟っぽい、らしい。

初めて会った幼い頃、父親に秘書は多数おり、そのワールドワイドな顔触れの中、三人いた日本人秘書のひとりが島岡で、当時は一番若かったし、一番年も近かった。

だが馬が合ったのは、島岡が日本人で若くて年齢が近かったからでは、おそらくない。

「オーストラリアです」

「ああなら時差ボケは少なそうだが、なんだよ、そんな用だったら電話一本でいいだろ？」

「義一さん、電話、出ませんよね？」

「あれ？　そうだったか？」

「とぼけないでください。すっかり有名ですよ。リタイアを決めたギイは、電話にも出ないしメールの返事もよこさないって」

「――すっかり有名？」

「だいたいね、ちっともぜんぜん笑いごとじゃないよ。おかげでこっちは一日にしてすっかり有名人になっちゃったよ」

「ははは」

「……義一さん。思い出し笑い、やめてください。不気味ですから」

「悪い。ちょっと、あまりにタイムリーだったんで」

託生もギイも、ふたり揃って〝すっかり有名〟。

人の噂、どちらが先にフェイドアウトできるだろうか。

「それで？　親父がオレにすすめるアルバイトって、なに？」

世界中を飛び回っていた頃のギイ以上に多忙な父が、わざわざ島岡をよこしたくらいなのだから、話くらいは聞くべきであろう。

「空き家の管理人です」

「――はいい？」

空き家の、管理人？

「日本国内にあるうちの系列会社の社員の持ち家なんですが、ようやく家を新築したにもかかわらず入居前に急遽《きゅうきょ》海外へ出ることになり、しかも海外出張が思いのほか腰を据える形になることがわかりまして。人が住まないと家が傷む、仕事が順調に運んで年内には帰国できるのかはたまた十年後になるのかが読めない状態では人に貸すにも貸しづらい。建てたばかりだが売るべきか、いやようやく建てたばかりなのにどうしたものかと相談が上がってきたらしく」

「……あのさあ」

どんな小咄《こばなし》だよ、それは。

「それをたまたま小耳に挟んだ社長が、だったら今、暇人がひとり日本にいるからそいつに住まわせれば良いではないかと」

「オレに⁉　なんでオレが⁉」

「なんの苦労もなく新築の家に住めて、そのうえ管理人としてのお手当も支払われる。いかがですか？　とても良い話ではないですか」

「ちょっと待て、島岡」

「ただし、メンテナンスはちゃんとおこなってくださいね。掃除とか、修繕とか」

「待てって、おい。オレが引き受ける前提でさくさく話を進めるな」

別の部屋で電話の呼び出し音が鳴っている。

コール三回で必ず切れるのは留守録設定がそうなっているわけではなく、そのタイミングで家事担当の使用人がきっちり電話に出てくれるからだ。

「——電話、本当に多いですね。私がここを訪ねてからいままので何本目ですか？」

島岡が笑う。「毎日こんな調子では義一さん、ご実家にいらしてもちっとも寛げないんじゃないですか？」

「まあな」

がっつり組んで仕事をしていた面々はギイのリタイアを受け入れている。なので彼らからは矢のような電話はこない。せいぜいが、どこかへ遊びに行ったならどんなだったかその感想を教えてくれのメールくらいだ。

少し距離のある人々がギイの動向に驚いて、理由を知りたいのか意見をしたいのか、とにかくひたすら連絡よこせ攻撃をしてくるのである。

気持ちをかけてもらえるのは嬉しいし、ありがたいことだとも思っているが、できればいまはそっとしておいてもらいたい。

自分で自分のことがわからない、のだから。

この曖昧《あいまい》な真実をそのまま伝えて納得してもらえるのならばともかく、とかく人は自分が納得できる返答を相手から求めるものなのだ。納得のゆかぬ返答など端から聞く耳を持たない人が多いのに、ひとつひとつ誠実に返答するなど、どうなのだ？

ものすごく、徒労の予感がする……。

それだけでけっこうな月日を潰されそうだ。

「でもいまはこんなでも、そのうち落ち着くよ。延々オレにかまっていられるほど、みんな暇じゃない」

島岡はこれみよがしに、ああそういえばと大きく頷いて、

「それに義一さん、夜はここにはいらっしゃらないんでしたね。毎度のことですが、今回も夜はここではなく、葉山さんの部屋に入り浸りなんですよね？　毎晩、泊まってらっしゃるんですよね」

やけに〝毎晩〟を強調して言った。

「悪いかよ」

「悪いなんて言ってませんよ？　相変わらずお熱くてなによりです」

「――いいだろ別に」

「ですから、悪いとは言ってません」

島岡の普通の返しに、からかわれてるのか、ただの事実確認なのか、いまひとつギイには読

めないながらも、

「いつも通り、夜は託生の部屋にいるよ。あそこにはオレの枕があるからな」

島岡のトーンに合わせて、普通に返す。

「枕……。それ、重要な情報なんですか？」

「重要だろ？　安眠の必須アイテムだぞ」

「ええ。ですが、いま、ここで、出すほどに、重要ですか？」

「オレにはな。世界で一番のお気に入りの枕をオレは託生の部屋に置いているのさ」

なぜか自慢げに胸を張られて、島岡は軽く笑うと、

「義一さんて本当に、馬鹿みたいに葉山さんのことが好きなんですねえ」

しみじみと言った。

「なんだそれ。馬鹿とはなんだ。失敬だろうが」

託生の「馬鹿なの!?」はあんなに胸に甘く響くのに、島岡の「馬鹿みたい」は、ナンダト、コノヤロウの闘志に火を付ける。

「それは大変申し訳ありませんでした。義一さんとはとても長い付き合いですが、それでもたまに不可解なことをおっしゃいますので、何年経っても興味が尽きなくて楽しいですね」

「島岡、それ、誉めてない」

「そうですか？　そうでもな——」

会話を遮るように、またしても電話の音。

島岡は様子を窺うように室外へ視線を外し、やがて戻すと、

「ですが、情報にはタイムラグがありますからね、この連絡攻撃、けっこう長引くのではないですか？　ほとぼりが冷めた頃にようやく義一さんのリタイアの噂を耳にする人も、きっといますよ」

話も戻した。

なにせ世界中に散らばっているギイの知り合い。彼らの皆が皆、全員、情報最前線にいるわけではない。

「あのさあ」

ギイは島岡の顔を正面から覗き込むと、「つまり、どういうこと？」

と訊いた。

「はい？　どういうこと、とは？」

「やけに牽制《けんせい》する理由はなんだよ」

「牽制なんてしていませんよ」

「だったらどうして、このタイミングで、わざわざ島岡が日本に来てまで、オレに〝管理人〟なんぞというものを推すんだよ」

「私なりに、シンプルに、義一さんのことを心配しているだけです。せっかくリタイアなさったのにちっとものんびりさせてもらえないのは気の毒だなと」

「本当か？」

「私が義一さんを騙《だま》したところで、たいして意義も意味もメリットもないです」

「そりゃそうだけど、──島岡は、正直どう思ってるんだ？」

「義一さんのリタイアに関してですか？」

島岡は特に思考を巡らせることもなく、「最初に相談を受けたときにすでに私の意見はお伝えしました。ですので繰り返しになりますが、義一さんは十代の頃から相当なスピードでずっと走り続けてらっしゃいましたから、たとえば運動選手とか、燃え尽き症候群とでもいうんですか？　二十代半ばで現役引退なさる方もいらっしゃるじゃないですか。あんな感じで、人によって人生の走り方はまちまちですから、三十を目前に義一さんがふと立ち止まってしまったとしても、それはそういうことなんだと思いますよ」

ごく自然のことのように言った。

「じゃあ、本当に肯定してるってことなのか？」

「もちろんそうです。でなければ進んで引き継ぎ等々の手伝いなどいたしません。ところで、幸い主な家具は海外の住居へ運んでしまったそうですので、家電も含めお好きなものをお好きなように持ち込んで配置なさってかまわないそうですよ。出るときには原状回復がマストですが、それに関しても応相談だそうです」

「おい。しれっと話を戻すなよ」

「最初に申し上げましたが、私は義一さんほど時間に余裕はないんです。さくさく進めさせていただきます」

「情緒ないなあ」

せっかく、仕事上、実質一番身近だった存在に現状を肯定してもらえていることに、密かに感動しているのに。

「なんとでもおっしゃってください」

もしかして⁉　読みを間違えているのだろうか。

こいつには、果たしてオレに対する愛はあるのか。

愛とはひとつの執着だ。

執着がないからこんなにさらりとしていられるのか？　いや、執着してもらいたいという意味ではないが、いや、――どうなのだ？

「それにさ、アルバイトってのは要するに a part-time job だろ？　管理人としてそこに住むんじゃ二十四時間態勢じゃないか。ちっともパートタイムじゃないぞ」

「ええそうですね。それでこれが玄関の鍵《かぎ》です。防犯上気になるようでしたら、すべての鍵を最新式のものに取り替えさせますが」

「だから！　――もちろん鍵は全部替えてくれよ。じゃなくて！」

どうにもこうにも引っ掛かる。「なあその一軒家、オレに住まわせようってんなら会社で借り上げたのか？　それとも、……買ったのか？」

「借り上げてもおりませんし買ってもいません。管理を任されただけですよ。管理人に支払われるお手当に充当する管理費は、当の社員の給料から天引きされますし」

「天引きって……、住宅ローン払って固定資産税払って管理費もなんて、喜ばれないんじゃないか？　本当にそれでいいのか？」

「甘いですね義一さん。自分の持ち家を誰かにしっかり管理してもらいたいなら、それなりの対価が必要ですよ。それが社会のルールですから」

「そりゃそうだけど。なら、家賃を取って誰かに貸すとかさ」

「それだと借りる人に住む権利が発生してしまうではないですか。いざ帰国という段に、退去を拒まれたら厄介ですよ？　それこそ自分の家なのに、帰国しても住めないなんて馬鹿馬鹿しいと思いませんか？」

「そんなの契約次第だろ？　万一退去のタイミングが合わなくても、それでも相手が借りてるあいだは家賃収入が発生するんだろ？　厄介なりにメリットがあるじゃないか」

「わかってないですね義一さん。損得云々ではなくて、持ち主の意向が重要なんです」

「けっこうな金額を支払ってでも、誰にも貸さずに家を管理してもらいたいと？　だったら通いの管理人システムにすればいい。住むことはないだろ」

「通いでは難しいでしょうねえ。家はやはり住んでこそ、ですよ。この東京のご実家も、たとえ使用人であれ、もしどなたも住んでらっしゃらなかったら、こんなふうにいつ訪ねても家の中が生き生きしているとは、到底いかないと思われますよ？」

それを言われると、反論しにくい。

「でもさ、だからってオレが――」

「義一さん、新築の家が日に日に廃屋と化していった方がよいとでも？」

「そんなこと言ってないだろ。そうじゃなくて――」

ギイは苦く笑うと、「喧噪《けんそう》を逃れるために隠れ家が必要だとしたら、オレは自分で用意するよ。家くらい、自分で建てられる。こんなまわりくどいことをされなくても、自力でどうにかできるって」

「わかっていますが、ここはひとまず、甘えておいた方がよろしいのでは？」

島岡が微笑む。

「……ほら、やっぱり、そういうことなんじゃないか」

「ほとぼりが冷めるまでしばらくホテルを転々とするのも悪くはないですが、ここを出て当面どこかへ居を移すなら、できればあまり人に知られていないところに、そういう意味でも社長が、滅多にない好物件とおっしゃってましたよ」

――滅多にない好物件？

「よく言うよ」

本人、絶対、見てもいないのに、なにを根拠に。

「ちなみにこちらがその物件の詳細です」

数枚の書類を渡されて、ギイはおっ！　と目を見開く。

「いかがですか？」

「クッ。確かに」

滅多にない好物件ではありませんか！

「社長なりのはなむけかと思われますよ。リタイアせざるを得ないほどに、全力で走り続けたご子息への」

「親父め。やるな！」

「え？」

……はなむけ？

全力で走り続けた、息子への？

4

一口に先生といってもいろんな人がいる。大学に於いても、いや大学ならば尚更《なおさら》に、じつにさまざまである。

レッスン室を兼ねた教授陣の個室がずらりと並ぶ階の廊下。どの部屋もフルコンサートのグランドピアノを、室内に斜めへ、ではなく、縦なり横なりに、ゆったりと置けるほどの広さがあり（なので普通のグランドピアノを二台並べてもまだ室内にゆとりがある！）、グランドピアノ一台の他に、ハープシコード一台と弦数本とでビバルディの四季の練習なども余裕で楽勝なのである。

学生が有料の時間貸しで借りる大学施設の練習室はここまで広くはないので、部屋の広さだけで教授の威厳が感じられるという、これもまたリッチな私立の音大ならではの、大学側の演出のひとつなのかもしれない。

「大学にくると、いっきに大学時代の気分にワープしちゃうもんなあ」

懐かしい眼差しをして財前邦彦《ざいぜんくにひこ》が周囲を見回す。「俺、いますっげえ緊張してる」

「わかるわかる」

託生は笑って、「この廊下、緊張しないで歩けたためしがないからなあ」

教授室での実技のレッスン、厳しいなんてものではなかった。

毎回毎回とことん凹《へこ》み、自分に対するもどかしさや悔しさに涙した日もあったのだ。

自分の才能、その限界と常に真剣勝負で闘って、玉砕ばかりを重ね続け、この廊下を、行きも帰りも鬱々《うつうつ》と歩いたものだ。

「ホント、不思議なもんだよな。いまさら学生気分が抜けないなんてことはないけど、一瞬で学生気分に戻るよなあ。なあ葉山、これって一種のトラウマかね」

「かもしれないね」

大学生として過ごしたあの四年間は、あんなに必死に音楽に食らいついていた日々は、いまとなってはもう二度と経験できない、若さゆえの気力と体力と、世間知らずの、賜物だ。

わかっちゃったら、足が竦む。

どんなに音が拙《つたな》いとしても、現役ってのはそれだけで、とても眩《まぶ》しく羨《うらや》ましい。

「でも残念ながら、ぼくにはそこまで、もうくるものはないけどね。学生だった時間より、ここで働いてる時間の方が倍近く長いから」

「へえ、そういうもん？　せっかくの大学時代の楽しく美しい思い出が、しんどい仕事の思い出に上書きされちゃったりするもん？」

「言われるほどしんどい仕事をしているわけじゃないけど、この廊下に関してだけは、思い出は楽しくも美しくもないよ」

「まあな」

財前は同意の笑みを浮かべて、「井上教授のレッスン、マジできつかったもんなあ。一ヵ月に三回しかないからか、一回の密度が濃いっていうか、ひとり一時間のはずなのに、何時間もぶっ通しで弾かされてたような疲労感に襲われたよ」

「でもそれは財前が優秀だったからだよ。見込みのある学生には、とことんレッスンする主義だから、井上教授」

「あーそれ、うん、井上教授のレッスンマジしんどい言いながら、内心誇りにしてたもん。そうだった、そうでした。——なら葉山はダントツじゃん。俺たちの中で一番目をかけてもらってただろ？　なのになんで現役やめちゃったの」

「やめてはないよ。……完全には」

「ならいまでもちゃんと弾いてるのか？　せっかく良いバイオリン持ってるのに、弾かないなんてもったいないぞ」

「うん……」

弾いてないわけじゃない。だが、学生時代のようには、いかない。「その点、財前はすごいよね。ちゃんとソリストとして活躍もして、こうして母校に臨時とはいえバイオリンの講師として舞い戻ってきたんだから」

「お。よし、葉山。そこもっと誉めて。俺、頑張ったんだよ。すげー頑張って母校に凱旋《がいせん》なんだよ。でもだーれも誉めてくれないんだよ。さっき学生課で普通に挨拶《あいさつ》されちゃったし、事務局でも、俺の書類をざっと眺めて、卒業生なら案内されなくても講師室わかりますよね、とか言われて、それでおしまい」

「勝手知ったるなんとやら？」

「そうそう。そりゃね、院も含め、六年もここに在籍してたんだから講師室の場所も使い方もめちゃくちゃ知ってます。でもさあ、案内くらいしてくれたっていいよなあ。俺、今日が初日なんだぜ？　もうちょっとこう、熱烈でなくても歓迎《ウェルカム》な感じでさあ。さっきそこで葉山とばったり会わなかったら、俺まったくのひとりでこの廊下、歩かなきゃならなかったんだぜ？　初日なのに淋しいって」

「同門生が同じ職場で良かったね、財前」

「まったくだ。気づけばスタッフ知らない顔ばかりで、ここ、出入りが激しいよなあ」

「海外の兄弟校との交流が、ぼくたちが学生してた頃よりももっと盛んになってるから、仕事に慣れてくると更なるスキルアップのためにどんどん海外へ出されちゃうんだよ。教授の三分の一が外国の人だし、学生にもちらほら留学生がいるし、けっこうな国際化っぷりだろ?」

「俺たちが師事してた井上教授も一年のほとんどは海外だったもんな。そうか、うちの大学、いまは全体的にそんな感じなのか」

日本に於いて相当クラシック音楽が定着している昨今とはいえ、ヨーロッパ(特に中央ヨーロッパ)などの比ではない。向こうではまるで三度の食事をするように、身近で生のクラシック音楽を聴いている。

ギイのおかげで体感した。

彼はそこを伝えようと託生を旅に誘ったわけではないのだが、アメリカやヨーロッパのいくつかの国を巡っていて、自分で勝手に拾ったのだ。

世界レベルで活躍するクラシックの演奏家たちが、未だ海外に本拠地を置くのはそのためだろう。日本ではクラシックは、日常ではなくまだまだ特別なのだ。

長い廊下をしばらく歩き、講師室の前まできたとき、

「では、良い知らせをお待ちしてますよ、教、授」

背後からやけに機嫌の良い男の声がした。

顔だけ振り返った財前が、

「お。出たな」

こそりと笑う。

教授室から出てきた小柄な男が室内に向けて愛嬌《あいきょう》をたっぷり振り撒《ま》いて、上機嫌な足取りで廊下を歩いて立ち去った。

一度は閉じられたドア、一呼吸置いたタイミングで一目で新入生とわかる女子学生がひどく緊張した面持ちで出てくると、

「……どうも、ありがとうございました」

硬い声で一礼をした。

そのまま彼女は、俯《うつむ》きがちの暗く硬い表情で、同じく廊下から立ち去った。

財前は託生に目配せして、講師室の中へと招き入れる。

講師室という名の控え室。数名ほどの講師全員で使うので、個人のロッカーがあるにはあるがドアに施錠もされないし、そのへんに私物を置いておくとどうなるのかは謎である。

それでも、ちいさな冷蔵庫とレンジ機能のみの電子レンジと電気ポット、紙コップにマグカップ（おそらくこれは講師各自の私物だ）、インスタントのコーヒーやらその他のちょっとしたものは部屋の隅に常備されている。

財前はバックパッカーのように背中にしょっていたバイオリンケースを陽の当たらない場所に置くと、

「ふむ、お湯は沸いてるな。葉山、コーヒーにする？　紅茶にする？」

事務局のスタッフの読みどおり勝手知ったるナントヤラ、今日が初日とは思えない手慣れた様子でてきぱきと飲み物を作り、いくつかある、教授室のものとはまるで比べものにならない

ラフな椅子にひょいと座った。

この馴染《なじ》みっぷり。

もう何年もここを使い続けているベテランのようだ。

「今日はあれかな、講師で出勤してるの俺だけってことなのかな」

長方形のテーブル、財前の正面に座った託生は、

「かもしれないね。曜日によってまちまちだから」

財前が入れたインスタントコーヒーを一口飲んで、――不味《まず》い。と思う。

入れ方うんぬんではなくて、すっかり口がカフェの美味コーヒーに慣れてしまって、インスタントってインスタントの味がするなあと、そういう感じ。

ちなみに、各教授室にセッティングされているのは同じインスタントでも一杯ずつ落とす、ドリップ式のインスタントコーヒーだ。

講師と教授、椅子だけでなくコーヒーにも、見事なまでの格差である。

味についてはさほど気にする様子もなく、

「相変わらず、福原《ふくはら》教授は楽器の斡旋《あっせん》に熱心だねえ」

財前が思い出し笑い。

「それ、きみなら絶対突っ込むと思った」

さっきの小柄な男は、大学に定期的に顔を出すいく人かの楽器商のひとりである。大学として懇意にしている楽器メーカーや楽器店はあるのだが、それとは別に、教授が個人的に懇意に

している楽器商たちがいる。

個人的に、となると、多少の胡散臭さは禁じ得ないが、そこには弦楽器ならではの特殊な事情があるからだ。

一般的に、楽器を買いたいならば楽器店へ行くのが普通だが、弦楽器は少し特殊である。もちろん楽器店でも（弦楽器専門店もあるのだし）購入できるけれども、音大の学生レベルともなれば〝それなりの弦楽器〟を入手する手段として〝オークション（主に海外の）で手に入れる〟という選択肢があらわれる。

大変に難度の高い行為なので素人はやるべきではないと思うが、それなりの弦楽器を入手したいならば、場合によっては避けて通れない道だったりもする。信頼できるオークションハウスでは厳しい審査をクリアした、良いコンディションの、本物のオールドバイオリンを手に入れることが可能だからだ。

ただし、オークションである以上、金額に関しては未知となる。

それらの利点とリスクを踏まえ、学生に代わってオークションで弦楽器を入手する、いわば代行業のようなことを、教授が楽器商に依頼することがある。

また、既にオークション等で入手した弦楽器を、楽器商が教授へと優先的にまわすこともあるのである。

ひっくるめて、グレーな世界。

「でも葉山だってそう思ってるだろ？　思ってるよな。思わないわけないもんな」

「なに、その三段活用」

「大学に勤めはじめて早八年、学生として在籍していた頃を含めるとかれこれ十二年、干支《えと》ひとまわりだ。今となっては、俺なんかよりずーっとこの大学の裏事情に関して詳しいだろ、なあ葉山？」

「勤めてまだ七年だよ、これから八年目に入るんだ。それからぼくはここで働いてるけれども大学の職員ではないからね」

「七年が八年でも職員であってもなくても大差ないだろ？　相変わらず細かいなあ」

「細かくはないだろ。それにそこそこの大差だよ」

七年と八年はともかく、大学の職員でありやなしやは。

「井上教授専属の助手、いつの間にかいいように他の教授の雑用も押しつけられているの巻。大学側も黙認を決めこんで、タダで葉山を使い続けているの巻」

「なんだい、それ」

「葉山の人生を二本立てにして物語ふうに表現してみました」

「人生って……。きみ、そのふたつがぼくの人生のすべてだとでも？」

「まあまあ、それはさておき、葉山の給料って井上教授から、つまりはかの井上産業から出てるのか？」

「ノーコメント」

たとえ友人であっても、いや友人だからこそ、お金の話は避けるのが賢明。

「なあ葉山ぁ、大企業から支払われる給料ってさあ、大学で雇われてる助手たちと、どっちが厚遇？」

「わかりません。知りません」

「相変わらずつまんない男だなあ。それくらい教えてもどうってことないだろ？　それで他の助手に恨まれるわけでなし」

「恨まれるとか恨まれないとか、教えないのはそれが理由じゃないから」

「へえへえそうですか。相変わらずの事なかれ主義者め」

「お言葉を返すようですがね財前くん、わざわざ問題起こしてどうするんだよ。根っから面白がりのきみは学生時代から〝火のないところにも煙を立てたい主義者〟だけどね、社会人にもなってそんなことをいちいちやってたら失職しちゃうよ」

「まあね」

財前は肩を竦めると、「今年はさっきの子がカモ第一号？」

話を戻した。

「どうかな」

託生は極力関心のないふうを装って、「でも、斡旋そのものは犯罪じゃないから」

「それはそうだ」

楽器紹介の口利きをしただけで犯罪になるなんて、あるわけがない。「それはそうだが、なあ葉山、バイオリンに限らずピアノでもなんでも、先生が弟子に楽器を紹介して受け取るマージンの相場、知ってるか？」

「いや？　知らない」

個人で教えてでもいればそういう場面に遭遇することもあるであろうが、大学生からそのまま大学へなんちゃって事務職として居続けている託生には、そのあたりの事情は明るくない。

なにせ井上教授は門下生へ、楽器の斡旋をしないのだ。

学生時代、託生も含めむしろ紹介してもらいたいと積極的に希望していた門下生はそこそこいたような気がするが、井上教授は、良い楽器を探すことも重要だけれど、いま使っている楽器を鳴らしきるのはもっと重要と、楽器の浮気（？）を認めてくれない人だった。

もちろん、程度と限度はある。安かろう悪かろうのバイオリンなど以《もっ》ての外だ。最低限〝良い楽器〟であることは必須であるし、おかしな楽器でおかしな癖がつくことも、避けるべき重要ポイントのひとつである。

だが。

――〝いまここにあるものを最大限に引き出す力〟を身に付けること。――どんなに対象が変わろうとも。

それは、どんな名器を持つよりも価値のあることである、と。

だからこそ、安易に楽器に頼ることは認めない。

井上教授が徹底的に門下生へ叩き込む、ひとつの信念。

それは今日現在も、そうである。

どんな名器も演奏者の実力以上の音を出してはくれない。もし実力以上の音が出ているのだとしたらそれは、楽器を弾いているのではなく楽器に弾かされているのである。要するに下僕と同じだ。そういうバランスの悪い関係は、長くは保たない。加えて、名器が自分の思わぬ力を引き出してくれることが稀《まれ》にあるが、それは本当に稀なことであるしそもそも引き出されるべき天賦の才が潜んでいなければその限りではない。

第一、ときにより命より大事と思う楽器だが、それでも不測の事態で失うことは、ある。形ある楽器はいつかどこかで失うことがあるだろう。けれど、一度身に付いたその力は誰にも奪うことはできない。目に見えぬ生涯失わぬ財産であると。

財前はコーヒーに砂糖を投入して（やはり彼にも不味かったのであろう）、

「だいたい十パーセントから十五パーセントくらいさ」

スティックでくるくる溶かしながら、「楽器屋からマージン提示されて、その分をまるっとディスカウントして生徒に紹介する良心的な先生もいるけどさ、福原教授は、なんと、二十五取るらしいよ」

一口飲んだ。「よし。これならいける」

「――え」

世間知らずの託生でも、驚く数字だ。「二十五パーセントも⁉」

「噂ではね」

財前はからかうように低く笑うと、「私学の音大の教授でさ、けっこうな年俸稼いでるんだろうに、その上に高額マージンってなあ、どうなんだろうな」

「それは……でも、人それぞれだから」

犯罪でない限り他人が口を挟むようなことではない。売る方も買う方も紹介する人も、みなが合意しているのであれば。

「ようやく音大はいってさ、権威ある教授の門下生になれてさ、その先生から、この楽器良いよー買いなさいーって薦められたら、ふつー断れないよなあ」

「……まあね」

「そもそも、わっかんないもんなあ。これで二百とかいわれて、どこが二百なのかも、それが適正なのかどうかもさ」

子どもの頃からバイオリンを習っていたとしても、バイオリンの専門家なわけではない。むしろせいぜいがそれまで自分が使っていた楽器の体感値くらいしかない。

「しょっぱなのレッスンで、それこそ第一音でさ、ひどい音だね。そんなのはね、きみ、中学生が使うような楽器だよ。とか言って、決めさせるんだぜ福原教授」

「——詳しいなあ。いつの間に財前、福原教授のエピソードを？」

「俺らの学生時代から密かに有名な話だよ。葉山は井上教授の秘蔵っ子だったから、他の教授も葉山だけには下手なことを仕掛けてこなかったろうけどさ、福原教授に限らず危なっかしい話はけっこうごろごろしてたぜ」

「そうだったんだ……」

「あっ、そうか。未だに秘蔵っ子なのかもな。それで葉山、この大学で井上教授にずっと囲われてるんだ」

「かこ――！　ちがうよ、囲われてなんかないよ」

確かに現在も井上教授専属の助手だが、誰もそうは思っていないし。「それにぼくは秘蔵っ子なんかじゃなかったよ。それをいうなら財前の方がよっぽど期待されてたし、現に井上門下生で一番の出世頭じゃないか」

「まあな」

満更でもなくにやけた財前は、「一番の出世頭でも臨時講師ってところが、世間は厳しいってヤツだよな」

と笑う。

そこへいくと、中学生の頃からすでに世界的なプロのバイオリニストとして活躍し続けている井上教授こと井上佐智は、やはりとんでもない存在なのである。

いくら井上佐智が天才でも、その井上教授と託生と財前が同い年であるという事実は、できればあまり触れられたくない現実だ。

井上教授の誕生日が年度初めの四月二日だったおかげで、数カ月違いとはいえ、かろうじて自分たちは年下なのだが、片や大学教授、片やその門下生といえども、揺るぎなく生年月日的には同学年なのである。

才能も人生もさまざまだが、人間なにより大切なのは、そのさまざまな現実を素直に受け入れる〝潔さ〟であろう。

「ところでさ、葉山、講師室って音出してもいいんだっけ？」

「どうだったかな？　この部屋けっこう響くから、吸音材使ってないから、練習には不向きだけれど音出すくらいは大丈夫なんじゃないのかな」

「あ」

なにかを思いついた財前が、またしてもふふふと低く笑う。「はーやまー、いまの時期だと井上教授、まだ海外で留守だよな？」

「――そうだけど」

「なあ、ちょーっとだけでいいから教授室、使わせてもらえないかなあ？」

バイオリンケースに視線を流しつつ、財前が訊く。

「……いいけど」

留守のあいだ葉山くんの自由に使ってかまわないと、井上教授からお許しもいただいている し鍵も預かってはいるのだが、託生はほとんど私用で教授室を使わない。

正直あまり、居心地が、よろしくないのだ。

主《あるじ》不在の空間にひとりでいると、じわじわと、分不相応が身に沁《し》みる。本来ここは、自分のいる場所ではないからだ。

「やったー！　じゃこれは、無理しないでおこう」

飲みかけのインスタントコーヒーをテーブルに戻す財前へ、

「……教授室のコーヒーまで狙ってるのかい。図々《ずうずう》しいぞ財前」

託生が睨むと、

「いやほらだって、どんどん飲まないと賞味期限切れちゃうし?」

「そんな細かいこと、財前が気にしなくていいんだよ」

事務局でちゃんと管理してるんだから。

「あっはっは、そうでした。細かいのは葉山の専売特許だもんなあ」

「そういうことを言ってるんじゃなくてだね」

託生の突っ込みなどまったく意に介さずの財前は、

「教授が不在ってことは教授室のお湯は沸いてないってことだよな」

湯沸かしポットのコンセントを抜き、右手にバイオリンケース、左手に湯沸かしポットをコードごと持ち、「さあ行こう、葉山!」

元気に号令をかけた。

5

デザインはばらばらながらも戸建て住宅が区画ごとに整然と並んでいる、小高い丘の南に面した傾斜に建つ、外壁の白と茶のコントラストがモダンでスタイリッシュな印象の、こぢんまりとした一軒家。

こぢんまりとはしているが、南側にバーベキューができそうなそこそこ広い庭もあり、北側の玄関前の駐車スペースはなんと三台分。

家具等の家財はそれまでに住んでいた賃貸マンションからこの家に移されることなくそのまま海外へと運び出されてしまったので、キッチンを含めどの部屋も、ほぼ空っぽ状態である。

なにより新築だけあってコンセントまわりが充実している。すべての部屋に電話とテレビとネットの接続口があり、二口コンセントが二か所ないし三カ所もある。

「——悪くないじゃん」

天井も高いし、外壁のモダンさを裏切らない、内装もすっきりとしたアーバン調である。

「ですよね」

満足げに島岡が微笑む。「トータルで、滅多にない好物件、ですよね」

「ああ」

父親の手のひらの上で転がされるのは息子の意地として多少の悔しさはあるが、ここは素直に認めておこう。

一階と二階のすべての広さを合わせると、マンハッタンの実家、ギイの部屋である高層マンション最上階のペントハウスと同じくらいの広さであろうか。

いいや、それよりは少し狭いかな。

「自分で掃除やらなにやらするんだったら、この広さでも充分だよな」

生まれも育ちもとんでもない御曹司ながら、自分たちが使うスペースは自分たちで全部清掃しかもきっちりきれいに仕上げないとやり直しという全寮制の高校に二年半いたおかげで、しかも存外〝きっちりきれいに〟が楽しかったおかげで、使用人にやってもらわなくてもまったく抵抗がなくなった。

掃除どころか洗濯も、加えてちょっとした修繕なんかもこなしていたので、もしかしたら、けっこう〝使える男〟に育っているのかもしれない。

おまけにいまは料理まで、かなりの腕だ。

島岡はモバイルを取り出すと、

「少しではありますが残っている家財はすべて本日中に倉庫へ運ばせます。玄関の鍵も本日中に取り替えさせます。同じく本日中に、全室にエアコン、照明器具、カーテンを付けさせますが、他にご要望はございますか？」

メモしながらギイへ訊く。

「それ、家電や家具をどうするかってこと？」

「ご自身でおいおい揃えてゆくのであれば手配はしませんし、今夜からここに住むということであれば、可能な限り揃えさせます」

「――可能な限り？」

意味深長に繰り返すと、

「わかりました。すべて、揃えさせます」

島岡が言い切る。

負けず嫌いの島岡にギイはにやりと笑うと、

「じゃあせっかくだから、ばーんと揃えてもらおうかな」

島岡は優秀だ。活動拠点のマンハッタンに於いてもだが、本拠地ではない日本であっても、まごうかたなく優秀である。

彼の能力を疑ったことなどついぞないのに、それでも島岡はギイに対して、——どんな仕事に対しても、限りなく負けず嫌いを発揮する完璧《かんぺき》主義者なのである。

「——ただし」

珍しく、島岡が条件を出してきた。「一階の八畳の和室ですが、とても良い部屋ですので、私の部屋にしてもいいですか？」

「——はい？」

なんですと？

島岡は滅多に拝めないようなすがすがしい笑顔で、

「期間限定とはいえ、日本に自分の部屋を持つことができるとは。それも憧れの和室。——感激です」

これも義一さんのおかげです、ありがとうございますと頭を下げる。

「おい、ちょ、勝手に決めてるが、いつ誰が許可したよ」

「そうだ。この際、夏の長期休暇を一部前倒しでいただくことにします。和室を自分好みに仕上げたいですし、スケジュールを調整して、しばらく日本にいることにします」

「待て島岡。話、ぜんぜんおかしな方向に転んでるから！　そろそろ正気に戻れ。多忙なんだろ？　そうなんだろ？」

「……なんですか？」

島岡は冷ややかにギイを眺めると、「ご自分は、よわい三十手前でとっとと隠居生活に入られるのに、私の長期休暇の前倒しにクレームをつけられると？　そうおっしゃるんですか？」

「いや、オレのリタイアと島岡の休暇には、これっぽっちの因果関係もないだろ」

「ありませんが、大きなお世話です」

「違うだろ！　島岡の休暇は確かに大きなお世話だろうが、和室！　唯一の和室を、なんで島岡の部屋にしないとならないんだ？　昼下がり、障子越しの柔らかな日差しを受けつつ藺草《いぐさ》の匂いも香《かぐわ》しい青畳に寝転ぶのは極上のひとときだってのに、なんで島岡に独占されなきゃならないんだよ！」

ギイの理屈に子どものようにむっとしつつ、

「ならば、どの部屋であればオーケーですか？」

訊いた島岡へ、

「んーじゃあ、二階の二部屋のどっちか？　どっちでもいいから、どっちかひとつ」

提案すると、

「わかりました。では早速、じっくり内見させていただきます」

承知するなり、軽やかな足取りで二階へと上がってゆく。

楽しげな島岡の背中を見送りつつ、ギイはハタと気がついた。

「しまった！　はかられた！」

あんな初歩的な駆け引きにのせられてしまうなど！

滅多にない好物件。

実際に家を見て、まさにそうだと確信した。

大きすぎず、小さすぎず。これならば、ついに！　託生を自分のプライベートスペースに引きずり込めそうなまたとないチャンス到来と下心ばりばりで浮かれていたのが敗因だ。

「なんだよ島岡、邪魔することないじゃんか」

せっかく託生とこの家で、いちゃいちゃ生活を始めようと狙ってたのに。

大きすぎず。小さすぎず。――広さに臆《おく》されることもなく、窮屈と嫌がられることもない。

ここならきっと、あいつも〝うん〟と言うはずだ。

東京の実家はあまりのお屋敷っぷりにざざざっと気後れされるが、ここならば、たとえ同居は拒まれても、快く出入りしてくれるだろう。いやもちろん、同居に持ち込めたならこれ以上のことはないのだが。

なのに、あからさまに邪魔をするとは。

「なに考えてんだ、島岡のヤツ！」

6

「うーわっ、鳥肌立ったわ。卒業してけっこう経つのに、やっぱこの部屋入るとめっちゃ緊張するわ」

井上教授の教授室。主不在であっても、室内に凜とした空気が満ちている。

財前は、とはいえ懐かしそうに目を細めると、

「あのベヒシュタインにも、そうとう苦労させられたもんなあ」

部屋の中央、壁寄りに置かれた、やや長めのグランドピアノを眺めた。

井上教授の意向でこの教授室には、通常のグランドピアノでも、最大サイズのフルコンサートでもなく、その中間のセミコンサートのグランドピアノが一台置かれている。

構造上の特徴としてよく音が響くスタインウェイの、真逆のようなベヒシュタイン。

楽器メーカーの世界でも日々進化が進んでゆくので、今日現在のものはどうなのかは託生にはわからないが、少なくとも、井上教授室に置かれているそのセミコンサートのベヒシュタインは、風呂場の鼻歌やカラオケでエコーをがんがんにかけるとやけに歌がうまくなったように感じられるのと近い効果で、ふんわりとなんとなく誤魔化しがきくスタインウェイとは違い、

とにもかくにも無駄に響いたりしない。よって、スケールだけでなく和音のひとつひとつですら細かくすべてが剝《む》き出しになるので奏者の実力がもろわかりになるという、ピアノ科の学生にとって大変に恐ろしいピアノである。

弾いてて気持ちの良いピアノとしてピアノ科の学生に好まれるのは断然スタインウェイなのだが、そんな学生たちに『井上教授室では下手にしか弾けない呪いがかかってる』とまで囁かれる（ピアノ科としての意地とプライドがあるので絶対に誰も公言はしないが）密かに伴奏者泣かせのピアノなのだ。

またそれは、そのピアノを伴奏にソロを弾くバイオリンにとっても、ピアノのわんわんとした響きに紛れることができないという、どうにも誤魔化しのききにくいレッスンになるということで。

「いま思い出しても、えげつないくらい容赦なかったよな、井上教授のレッスンって」

財前の感想は、

「うん」

大変に的を得ているものである。

振り返ってみるに、高校二年の夏、託生が初めて井上佐智主催のサロンコンサートに演奏者として招かれたとき彼がその日のために用意していたグランドピアノは、国産ながらも、ある意味とても特別なピアノであった。

購入したばかりのときはさほど鳴らないのに、年月を経て弾き込むほどに素晴らしい音色を奏で始める大橋《おおはし》ピアノ。普通ならば年月を経るほどに〝経年劣化〟の道をどんどんと進むものなのに、真逆のようなそのピアノ。

井上教授はサロンコンサートにその大橋ピアノを選択したことで、単に楽器を演奏するということだけでなくまた別の、大切ななにかを、託生を含め招待した演奏者たちへ伝えようとしていたのだ。

手にしたばかりのときはさほど鳴ってくれないといえば、それはストラディバリウスも同じである。じゃじゃ馬のような、の、たとえもあるが、そのかわり、弾き込めば弾き込むほどに深く豊かにどこまでも、奏者の求めるままに音色を広げてくれる類《たぐ》い稀なる名器でもある。

日本で有名な海外のピアノといえば、スタインウェイ・ニューヨークやベーゼンドルファーであるのだが、戦前に於ける日本の国産ピアノの草創期、当時のピアノ職人が追いつけ追い越せと目標としていたのは、実はベヒシュタインなのである。その音のあまりの素晴らしさに、若かりし日の日本の名だたるピアノ楽器メーカーの創始者たちがこぞって研究したのが、当時のベヒシュタイン。

そういえば、ベヒシュタインは『ピアノのストラディバリウス』と呼ばれることもあったのだったか？

ともあれ、戦後、大きく事情は変わってゆき、知名度としては一番有名ではなくなっているとしても、かの大橋ピアノの創始者もやはりベヒシュタインに学んだピアノ職人のひとりであり、サロンコンサートに大橋ピアノを選んだように、ベヒシュタインをピアノ単体の性能のみでなく歴史的な意味合いも込みで、井上教授が教授室に唯一のピアノとして入れたのにも、そこにはやはり一見しただけでは計り知れない深い熟慮があるのであろう。

音を奏でる。

ただそれだけのことなのに、ときによりそれは、生涯を賭《か》けるものとなる。

実力を容赦なく露呈させるベヒシュタインをレッスン用のピアノとして選択しているのを筆頭に、少しでも良いバイオリンを使って、つまりは楽器の力を借りて実力を底上げしようなどという甘えた気持ちや、譜読みや解釈や奏法の曖昧さや誤魔化しを、根こそぎ剝《は》ぎ取られるようなレッスン。

無意識や非コントロールな音などを、片端から拾われてババンと目の前に呈示される。

井上教授。外見こそは中性的で、大袈裟《おおげさ》でなく清らかで美しい天使のようで、触れただけで折れそうな繊細で可憐《かれん》なイメージすらあるのに、それは勝手な幻想であると門下生は、初レッスン、開始十秒ほどで理解する。


「無駄の多い構え方だね」

なにもかもを見透かされる眼差しで、淡々と告げられる、あの怖さ。

「いまもえげつなさは変わらずか？」

「変わらないよー。厳しいよー。——空き狙いの学生も、相変わらず多いけどね」

井上教授の門下生、現役バリバリの世界的バイオリニストの門下生ということで、希望者が多く大変に狭き門である。加えてスケジュールとキャパシティ的にも、そんなにたくさんの門下生は取れない。だが門下生の選にこぼれたとしても、まだチャンスは残っている。レッスンが性に合わないとかレッスンのあまりの厳しさに教授替えを希望する学生が出ないとも限らない。大学側に教授替えの申請が通り、もし門下生に空きが出たならば、どうにかそこに滑り込みたいと狙っている学生も多いのだ。

「俺たちのときもそうだったが、どんなに待ってもどうせ空かないんだろ？」

「うん。大学のシステムとしては空き待ちはあるけど、昔も今も空かないなあ。みんな、必死に食らいついてくるからね」

「レッスンが厳しいと聞いて余計に憧れる門下生希望の学生たちもだけどさ、井上門下生って全員ドＭだよな。厳しければ厳しいほど余計に食らいついてくるとはさ」

「からかうけど、自分だって門下生のひとりじゃないか」

「俺がいつ、ドＭじゃないなんて言ったよ」

「あれ？　からかったんじゃなかったんだ？」

「それどころか。たまーにさ、もうほんっと、どうしようもなく、井上教授のレッスンを受けたくなるときがあるんだよ。みっともないくらいあんなに必死にバイオリン弾くって、ひとりじゃ無理だ。しかも、井上教授は容赦なく俺らを追い詰めるけど、追い詰めた先に必ず道が開けてるだろ？　自分でやってもそんなものは開けてない。まさに天才の、井上教授だからこそなんだ。あの人にだけは見えてるんだ。俺らにとっての新しい道と、その先が」

否定はしない。

苦しかったけど、楽しかった。

あんなふうに〝自分〟を発見できるレッスンは、滅多に経験できるものじゃない。

「でも財前、井上教授、卒業生には教えてくれないよ？」

ポリシーなのかは知らないが、卒業生の演奏会に足を運ぶことはあっても、要するに、門下生の卒業後の動向を見守ってくれてはいるけど、師事に関してはすべてお断りなのだ。

「知ってるよ。だから、現役門下生が羨ましいって話じゃないか」

「というか、財前、きみ、教える側になったんだよね？　いつまでも教え子の気分じゃまずいんじゃないか？」

「臨時講師として、そりゃあ教える方はばっちりやるさ。――でもなあ、なんていうの？　こういうの？　へびのなまごろし？　ちがう？」

心底教わりたい人と同じ職場で自分は絶対に教えてもらえない状況。

「うーん？　天国と地獄？」

「あああ、なんか、ちがうけど、当たってる気もする……」

財前は悩ましげに腕を抱いて体を捩《よじ》ると、「こう、どさくさ紛れに、指導とか、してもらえないかなあ……！」

「しつこいなあ。無理だって」

「葉山、根回し。根回しプリーズ」

「やだよ。井上教授、そういうの嫌いな人だから」

「そういう葉山だって、チャンスがあったらまた受けたいだろ？」

「受けたいけど、無理だって。ここで、もう何年も、ずーっと井上教授に付いてるぼくが言うんだから、そうなんだって」

「いいよなあ、葉山は。羨ましいったらないよなあ」

「なにがだよ」

「だってさ、葉山は井上教授が門下生にレッスンしてるとき、助手として常につきっきりなわけだろ？　つまり、なにげに、結果的にすべてのレッスンを見学しているということで、つまりのつまり、間接的に自分もレッスン受けてるようなものじゃないか」

「そうかもしれないけど、そうでもないよ」

個人レッスンは飽くまでその子にピンポイントでプログラムされてるものだ。医師の出す薬の処方箋《しょほうせん》と同じで、万人に、等しく、抜群の効果があるわけではない、ような気がする。だが、見ているだけで自分にもばっちり効果があるかは疑問だけれど、参考になるかならないかでいけば、間違いなく参考になる。

「ああん？　かもでもってなんだよ。はっきりしないな。どっちだよ」

「どっちにしろ、そんなに羨ましいなら、見学させてもらえばいいだろ財前も」

「見学かあ……。自分で言っといてナンだけど、他人への指導なんてどうでもいい。俺への、俺のバイオリンへのアドバイスが欲しいよう」

「……だろうね」

やれやれ。

「わかった！　じゃあ俺、臨講終わったらここ受験し直して、再度井上門下生狙うわ」

「はいはい」

「はーやまー、二つ返事とはなにごとだー。俺の本気を侮るなー」

「侮ってなんかないよ。きみは学生時代から本気の冗談しか言わないじゃないか」

「そういえば。葉山は学生時代、俺にはめちゃくちゃよそよそしかったよな。冗談のひとつも言わなかった」

「いまはちゃんと本当のことも冗談も言ってるだろ」

託生にとって学生時代は同門で仲間である以上に油断のならないライバルだった財前だが、いまとなっては気心の知れた数少ない友人のひとり、である。

現役ではないからこそ育《はぐく》める友情も、ある。

「……まあな」

うなずいた財前は、「おっと。葉山とふざけてる場合じゃなかった。時間になる前に、少しバイオリン触っておかないとな」

「財前の臨講って、講義じゃなくて実技の方？」

「そうなんだよー。しかも人数変動だって。取り敢《あ》えず、初日の今日は二年生を五人ほど」

「じゃあ念願の教授室コーヒー、初日のエールとしてぼくが淹《い》れてあげるよ」

「さんきう、葉山」

ご機嫌な笑顔で、応接セットのテーブルにバイオリンのケースを置き、蓋《ふた》を開け、た、とたん、「ぎゃーっ！　しまったーっ!!　弓を弛《ゆる》めるの忘れてたーっ!!!」

財前が叫んだ。

ケースの中にしまわれていた二本ある弓のうち一本を、どうやら弛めぬままケースに戻していたらしい。

財前邦彦、講師室から電気ポットを運ぶのに、ものによってはスイッチが入ってないと湯が注げないタイプがあるのでそれを見越してコードごと手に持つという抜け目なさを発揮しつつも、学生時代もそうであったが、基本しっかりしているのに、たまに抜けてる。

「ああああ、しかもよりにもよってこれ、こっちの毛、すごくいーやつなんだよう」

「いつからその状態だったんだい？」

「昨夜」

「ゆうべからか……」

「なんかさ、明日から大学行くかと思うと柄にもなく緊張しちゃってさ、眠りたいのにどうにも寝付けなくてさ、落ち着こうと夜中にちょっと弾いて、くそう、落ち着いたけど落ち着きすぎたーっ！」

託生の見る限り弦はちゃんと弛めたのに、弓を弛めるのは失念したと。

財前ではないが、たまにやっちゃうんだな、弓は。

弦に関しては、習い始めたときから練習終わりに弛める習慣をきっちりと教えられるが、弓の方はなぜだかあまりうるさく言われない。

練習後に、弓の毛ではなくスティックの方についた松脂《まつやに》を軽く落として（弦や指板や表板の松脂も同じくさっと落として）少し弛めて保管するだけで、毛の持ち、すなわち弓の美しさや持ちがぜんぜん違うのに。

託生個人としては学生時代からそういう認識なのであるが、感覚的なものなので、おそらくやはり人による。気にしなければ気にしないなりに、絶対にそうしなければいけないということではないのだが、なんとか良い音を、たとえ薄皮一枚の厚みであれ少しでも良い音を鳴らしたいと、殉教者のように追い求めている演奏者にとっては、ここは大きく差が出るポイントともいえるだろう。

「昨夜の夜中からならまだ十二時間経ってないし、ぎりセーフかもしれないよ？」

今更であろうと、弛めないより弛めておいた方が良い。

「だよな？　だよなあ」

情けなく眉を寄せ、財前が弓を少し弛める。

すごくいーやつではない方の弓を取り出して、

「練習曲がモーツァルトだっていうから、教えるときはこっちの弓のが音色が甘くて合ってるけど、昨夜はもうちょっとがんとした音で弾きたかったんだよう。モーツァルトなのにシベリウス弾くみたいにがっしがし弾きたかったんだよう」

ああ、わかる。

たまにとっても『らしくなく』弾きたい衝動に駆られるものな。常に『らしさ』を求められるから、反動で真逆に走りたくなるものな。

話は少し違うのだが、学生時代、託生が練習室で副科のピアノをさらっていたとき、ノックもなしにいきなり練習室のドアが開いて、ピアノ科の友人が驚きの表情で入ってくるなり、

「聴いたことのないベートーヴェンだなと思ったら、モーツァルトか！」

譜面台の楽譜を見て納得した。

という、ちょっとした事件(?)があった。

たまたま練習棟の廊下を歩いていて、どこからともなく聞こえてきた曲がいかにもベートーヴェンなのに、自分の知っているベートーヴェンのピアノソナタにはそんな曲が存在しない。いったいこれはどういうことだ！　自分のまだ知らないベートーヴェンのピアノソナタがあったのか!?　と驚きとともにやや焦って、練習の邪魔をしてはいけない等のマナーをすべてすっ飛ばし衝動的にドアを開けてしまったそうなのだ。

そう、それは、油断して弾くと実にベートーヴェンぽくなってしまうモーツァルトのピアノソナタの一曲であった。

古典派の古い順でハイドン、モーツァルト、ベートーヴェンと並ぶので、副科でもその順番で習いがちなのだが、

「それにしても葉山が弾くとベートーヴェンになりすぎだよ。ダカダカしすぎ」

笑う友人。

活躍していた時代が一部重なるからといって、モーツァルトとベートーヴェンでは曲のタイプは大きく異なる。にもかかわらず。

「もう少し、ちゃんとモーツァルトらしく弾けよ」

ピアノ科の友人は簡単にアドバイスをしてよこしたが、○○らしく。当時はそれがとても難しいことであった。

副科だし、そんなに厳密にできなくてもいいじゃないかと自分の中ではこっそりゆるい基準を設定していたが、主科ともなるとそうはいかない。

日々、これ、らしさを追求するあまり、たまに、緻密《ちみつ》なものをぐしゃっとやりたくなるのである。人が聴いていないとき。先生にはバレないように。

現在の財前はまったくそういう状況ではないが、何年、何十年と、同じ曲とかかわるのだ。たまにはそういう気分にもなる。

「わかったから。泣くなよ財前」

すごくいーやつの価格がいかほどかは怖くて訊けない。毛は完全なる消耗品なので、高いといってもたかがしれてるけれどももしかし、消耗品なのにこの値段!? というものもあるので、とても訊けない。それに、一度弛め忘れたくらいで毛がだめになってしまうわけではぜんぜんないが、楽器の管理でへまをすると、些細《ささい》なことでも大きく凹んでしまうのは、これまた井上教授の厳しいレッスンの名残かもしれない。

いやここは、名残ではなく、いっそ賜物としておこう。

「泣いてねーよっ」

言いつつも、どよんと落ち込む財前は、「だめだ。もう俺、井上教授にぐうの音も出ない勢いで罵られないと、浮上できない」

「財前。それ、いくらなんでもドMすぎ」

「てか、蹴《け》られたい……」

「——財前」

蹴られたいって。

おいおい。井上教授はそんな暴力的なことはいたしません。

ドM願望だだ漏れの財前はさておき、男だが、男に惚れられる頻度の高い、井上教授。

理由はさまざまそれぞれだが、井上教授のオフィシャルな窓口でもあるこの大学には、男女にかかわらず、ファンレターだけでなく切々と愛を告白するDVDなどが、世界中から届いたりする。それから、楽譜。

無名の作曲家、もしくは作曲家を志す人が、自分の作ったバイオリンの曲を井上佐智に弾いてもらいたいと楽譜を送って（贈って？）くるのである。

井上教授がまだ幼い頃、その才能に惚れ込んだフランスの若き天才作曲家に（彼は既に夭逝《ようせい》してしまっているが）バイオリンコンチェルトを献呈されたことがあり、世界が注目した天才同士の最強タッグであったその曲は今も『天才バイオリニスト井上佐智』の代表曲でもあるのだが、古くはフランクがイザイに贈ったような〝最強の贈り物〟は、だがそうそうこの世にあるわけではなく、かの井上佐智が弾くことにより華々しく世に出たいと望む作曲家の卵たちには大変に厳しい話ではあるが、送られてくる楽譜に関しては、漏れなくすべてが（いまのところ）本人へ返却されていた。

もちろん、右から左へ返却されているのではなくて、たいていのものは初見で完璧に演奏できてしまう井上教授は、送られたすべての曲を一通り弾いている。その上で、である。

託生の、これは飽くまで個人的な私見ではあるが、送られてくる中にはとても素晴らしい曲もある。けれど恐らく、あの曲を越えられないと、井上教授の心には響かないのだ。

井上教授が人生で初めて贈られた、稀代《きたい》の天才作曲家がその才能を惜しみ無く注いで作り上げた、近現代に於ける最高峰のバイオリンコンチェルト。

そんなものと比較されては、並の天才では歯がたたない。

という、どこまでも魅力溢れる井上教授であるので、門下生を狙う動機のひとつに『なんとしてでもお近づきに！』も含まれるのは、仕方がないが、煩わしい。

なにより。

崎義一といい井上教授といい、溢れる才能はもとより、あまりに美しいと、人は、性別を鮮やかに超えて惚れられてしまうのだね。

そういうものなんだね。

しかもふたりに共通するもうひとつが、玉の輿《こし》。あの社長令嬢のシオンちゃんでさえ、ギイや井上教授が相手ならば玉の輿になるのである。

ただでさえスペックが高いのに、どちらもまだ独身で、半端なく御曹司なふたり。——もてる条件揃いすぎ。

はあああ……、と、深い溜《た》め息を洩《も》らし、

「葉山はさあ、何年も井上教授と親しくしてて、よく普通でいられるよな」

ついにはおかしな感心をし始めた財前に、

「普通でいられるから、ずっと勤めていられるんだよ」

託生が応えると、

「それさあ、答えてるようで、まるきり答えになってないぞ？」

財前はちらりと横目で見る。

鋭い財前の突っ込みは敢えて無視して、

「いいからもう、ぐだぐだ言ってないでバイオリンを弾けよ」

まとめに入る。「時は刻々と過ぎてゆくんだよ、財前。無駄にするな」

「おおお、葉山が井上教授の口癖を真似してるー」

「うるさいなあ」

久々の再会だし、そんなに飲みたいのならばと、せっかく淹れてあげようとしてたのに！

託生は、インスタントの（とはいえ見るからに美味《うま》そうな）一杯ずつに個包装されたドリッ

プ式コーヒーのビニール袋を破く手を止め、

「ぼくにだってここでの仕事があるんです。いつまでも財前にいられたら邪魔なんだけど！」

井上教授宛のEメールは、この教授室のデスクトップパソコンでないと開けない設定になっている。毎日世界中からけっこうな本数が届くので、いつもは朝、Eメールのチェックを済ませてから居心地のよいカフェに移動して、その他の雑事を片付けている。

そんなこんなをさっさと済ませてしまいたいのに、メールのチェック、財前がいると、やりにくい。

「邪魔とかって！　もお葉山ぁ、久しぶりに会えた友人にその言い草はないだろう？」

飽くまでふざける財前へ、

「これあげるから、弾かないんなら講師室へ戻れよ！」

託生はコーヒーの袋を、（気持ち的には投げつけたかったが）ぽんと放った。

7

「あ、葉山さん、ちょうど良かった」

事務局のベテラン女性事務員が、ひょっこりと事務局に顔を出した託生を呼び止めた。

ベテランであり立場というものを尊重してくれる菱川《ひしかわ》は、かなり年下の、しかも〝なんちゃって助手〟ふぜいの託生に対しても、きちんと葉山さんと呼んでくれる。

ちなみに学生時代には葉山くんと呼ばれていた。

「おはようございます菱川さん。なにか？」

「いけない。おはようございます」

菱川は照れたように笑うと、「いまから教授室に届けに行こうと思ってたところなんです。今朝までに届いていた井上教授宛の書簡と、これ」

彼女の手には、エアメイルなどの手紙の束と、

「菱川さん、それ、中、バイオリンですか？」

イマドキのつるつやっとしたグラスファイバーやカーボンファイバーのそれではなく、昔ながらの、バイオリンの形をした木製で黒い革張りのバイオリンケース。

「おそらくそうなんだと思うんですが、まだ中は確認してないんです」

「やけに、……その、年季の入ったケースですね」

金属の金具は錆《さ》びていて、黒い革のところどころがこすれたように剝げている。

「さきほど外国の方が事務局へとこれを届けにいらしたらしいんです。お名前は、受け取ったものがうまく聞き取れなかったようで、背の高い白人男性で英語でしゃべってた、くらいしかわからないんですが、要約すると、このバイオリンを井上教授に渡してくれと、そうおっしゃってたらしいんです。――井上教授、海外からバイオリンの譲渡、もしくは購入の予定、おあ

りでしたか？」

「いいえ、ぼくはなにも聞いてはないです」

「新入生のレッスンがスタートするタイミングなので、新入生への斡旋用なのかと、応対した事務員はなんの疑問もなく受け取ったらしいんですが、井上教授、バイオリンの斡旋って過去に一度もなさったことがないですよね？　確か、なさらない方針でしたよね？」

さすがベテラン。わかってらっしゃる。

「そうです。学生に紹介するつもりで楽器を用意することは、教授はなさらないです」

「――じゃあこれ、どうしましょう」

困ったように菱川が眉を寄せる。

「井上教授宛であることに間違いがないのなら、ひとまず受け取っておきましょうか？　いま使ってらっしゃるのとは別のバイオリンを探しているという話は聞いたことはないんですが、もしかしたら、――なんかそれ、とても古い感じですから、海外で掘り出しもののオールドをみつけて、わざわざ楽器商に届けさせたのかもしれないですし、ひっくるめて、井上教授に確認を取ってみます」

「すみません、お手数をおかけすることになってしまって。万が一、送り付け詐欺だったときには、よく確かめもせず受け取ってしまった事務局に責任がありますから、こちらでなんとか対応しますので、一旦《いったん》はお任せしてもよいですか？」

「わかりました。……あー、もしかしたら今日は飛行機での移動日かもしれなくて、教授と連絡を取るのがすぐには難しいかもしれませんけど、確認が少し遅くなるかもしれませんが、よいですか？」

「もちろんです！　届けられた方がとてもお急ぎの様子だったらしいんですけど、とはいえ、英語が苦手でヒアリングに自信がないのは仕方ないとしても、だったら他の人に対応を頼むとか、名前や連絡先を紙に書いていただくとか、せめてネームカードかショップカードをお預かりするとか、やりようはいろいろあったと思うんですけど、最近の若い子は、空気を壊さないのに懸命でその場を取り繕うのは上手ですけど、確実に情報を繋《つな》ぐことにはさほど重点を置いてくれなくて困ります」

「菱川さんも、ご苦労なさってるんですね……」

「ええ。事務局も新人見参！　の季節ですから」

菱川の冗談に託生が笑う。

「まあでも、私も急いでいると、さっきのように、たまに挨拶がすっぽ抜けたりしますから、あまり人のことは言えないんですけどね」

「ぼくもです。学生時代からなにかと脱線しがちで、悪い癖なんですけど」

「葉山さんが脱線しがちなのはあれですよ、つきあいが良いからですよ」

「……それ、いいように使われてるって、あれですか？」

「正直、便利に使われてるって側面もあるかと思いますけど、どちらかというと受け入れ上手とか聞き上手とか、そういう類いじゃないですか？　男性には珍しいですよね」

「え。——そう、ですか？」

いまのは果たして誉められたのだろうか？　それとも単に、珍しがられた？

「だって私、聞きましたよ。葉山さん昨日、カフェであのシオンちゃんと一緒にお茶したそうじゃないですか」

「──あ。……あれは……」

「あの子、アイドルでお嬢様だけあってすこーし気位が高いというか、気難しいところがあるじゃないですか。そのシオンちゃんに、葉山さん、名指しで同席希望されたんでしょ？」

「菱川さんまで、それ、ご存じでしたか……」

「ご存じでした」

菱川はけらけらっと笑うと、「井上教授もそうですけれど、シオンちゃんにしろ、ちょっと距離の取り方が難しいなあって人と、葉山さんて、するっといきますよね」

「するっ？」

「ほら、学生時代からそうだったじゃないですか。ピアノ科の城縞《じょうしま》くんとか。彼、密かに女子人気高かったですけど、ものすごく寡黙で感情があまり表に出ないからどうにも近づきにくくて、その城縞くんが親しくしてたのって結局、葉山さんだけでしたよね？」

「いや、別に、親しかったわけでは……」

ないが、ふたりで一緒にいる時間はそれなりにあった。

「葉山さん、自分からどんどん距離を詰めるタイプでもないのに、気がつくと難しい人たちと親睦《しんぼく》深めてますよね。だから、井上教授がいつまで経っても葉山さんを手放そうとしないの、なんとなーくわかる気がするんですよ、私の個人的な見解ですけど」

「ぼくには、まったくわからないです」

難しい人たちと親睦が深まっている実感など、託生にはない。

シオンちゃんも、ギイ絡みだからこそ、ああ、なのだ。

彼女は、託生の向こう側に崎義一を意識している。託生そのものには興味はないが、どこかで、どんな形にしろ、ギイと、繋がっていたいのだ。

恋する乙女。――恋する、かわい子ちゃん。

難敵。……複雑。

シオンちゃんのギイへの気持ちにうっすら気づいているけれども、ギイがいま日本にきていることを（昨夜聞いたばかりの仕事ぜーんぶやめてきちゃった云々はさておき）彼女に教えてあげなかった。

教えたくなかったから。

いい年してなにやってるんだろうと自分の狭量さに凹むけれども、どんなに大人げないと責められても、このざわざわには抗えない。

シオンちゃんがライバルだなんて、恐ろしいにもほどがある。

「ともあれ、これはお預かりします」

託生は、菱川から書簡とバイオリンケースを受け取ると、「もし、先方の名前がおぼろげでとか、そんなのでもいいので」

も思い出せた場合、メールいただいていいですか？　長めの名前だったとか短めの名前だった

「わかりました。では葉山さん、井上教授への確認、お手数かけますがよろしくお願いいたします」

丁寧に頭を下げた菱川に見送られつつ託生は、ほったらかしにしてきた財前、そろそろ講師室に戻っただろうかとぼんやりと考えながら、教授室へ戻って行った。

8

廊下を教授室へ向かっていると、ジャケットの内ポケットに入れておいたケータイにメールが着信した。

バイブ設定にしておくのを忘れていた自分に一瞬ひやりとしたけれど、おかげで相手がわかってしまった。

「……ギイだ」

彼だけ音を別のものにしてあるのですぐにわかる。

別段悪いことをしているわけではないのだが、なんとなく、後ろめたい気分になって、託生

は内ポケットからケータイを取り出さなかった。

どうせ。と、自分に言い訳をする。どうせ朝まで一緒にいたのだから、今日だって、託生の仕事終わりに待ち合わせをしているのだから、ギイからメールが着信したとしてもたいした用事ではないだろう。

緊急の、どうしても、の用事なら、メールでなくて電話をかけてくるだろうし。

――溜め息。

「…………やっぱり、シオンちゃんに教えてあげるべきだったかな……」

ギイ、いま、日本にきているよ。と。

姑息《こそく》にライバルを遠ざけたところで、遅かれ早かれ情報は彼女の耳にも入るだろうし、そうしたら、あのとき葉山さんは知っていたのに私に教えてくれなかった。と、バレてしまう。

シオンちゃんの認識では、託生はギイと高校からのつきあいで、いまも交流が続いている、仲の良い友人のひとり、なのである。

「でも、訊かれなかった」

カフェでギイの話題は出なかった。――そこに〝知らない人〟が同席していたからか、シオンちゃんの口からギイの名前が出ることも、彼の近況を尋ねられることもなかった。

どうして教えてくれなかったの？

だって、訊かれなかったし。

定番の言い訳。

だとしても、やはり後ろめたさは薄くはならない。

気にし過ぎだとか考え過ぎだとか、ギイにしょっちゅうからかわれる託生の性格。だがどんなにからかわれても、性格なんて変わらない。

ノックもなしに教授室のドアを開けると、

「おわっ！　びっくりした！」

バイオリンを構えた財前が心底驚いて託生を見た。

「──まだいたんだ」

「いたよ。音、俺のバイオリンの音、廊下にも聞こえてただろ？」

「気づかなかった」

自己嫌悪でいっぱいで、外界の音がまったく耳に入ってなかった。

「……どうした葉山？」

財前はバイオリンを肩からおろすと、「なんか、やなことでもあったのか？」

心配そうに訊く。

「やなことはなかったけど、ちょっと、自己嫌悪」

「さては。この期に及んで、まだ事務局で託生ちゃん呼ばわりされたとか？」

「え？　なんだよ、それ」

託生、ちゃん？

「葉山、一部の女子職員から〝託生ちゃん〟って呼ばれてただろ、学生時代」

「呼ばれてないよ。っていうか、ぼくの、どこを見られての、ちゃん付けなんだ？」

そんなふうに呼ばれるようなかわいげの要素、ひとつもないぞ？

高校時代には確かに、学生食堂のおばさんたちに託生ちゃんと呼ばれたりしたけれど、でもあれは託生に限ったことではなくて、けっこうな割合でちゃん付けされる生徒がいた。主に、大型連休前の学食の大掃除のときに一度でも手伝いに入ったことのある生徒たちが。

まるで自分の息子や人によっては孫のように、親しげに〝ちゃん付け〟で呼ばれるのは、親元を（人によってはかなり遠く）離れた全寮制の生活の中ではとても温かく感じられて、呼ばれるたびに「ちゃん付けは勘弁しろよー」といちいち抵抗を見せる生徒もいたが、おそらくみんな内心では満更でもなく感じていたはずだ。いや、表面上は飽くまでも全員が『高校生にもなってちゃん付けはヤメロ！』とのポーズだったが。

「そうかー、気づいてなかったかー。こっそり呼ばれてたからなあ、気づかないのも無理はないかあ」

「こっそりもなにも、いまのいままで一度も聞いたことないし」

こいつ、さては口からでまかせを？

「城縞とお前、恭尋《やすひろ》ちゃん託生ちゃんコンビだったんだよ。目立つふたりだったからなあ。とにかく異色で」

「でもそれ、主に城縞くんが、だろ？」

託生はその余波で人目についていただけである。

孤高の人、城縞恭尋。

「ぷぷっ。お前らの近づきにくい二大巨頭っぷりったら、いま思い出しても最高だよな。なまじ城縞の外見が貴公子然としてただけに、ここだけの話、あいつ貴族の末裔《まつえい》なんだぜって後輩に教えると、百パーセント信じるんだぜ」

思い出し笑いをする財前へ、

「――悪趣味なやつだな。後輩からかってどうするんだよ」

それに二大巨頭などと、そこまでひどくはなかったぞ。

「とっつきにくさを逆手に取って、せめて呼び名だけでもかわいくって、女子職員たちが気を遣ってくれたんじゃないのか？　遊び心でさ」

面白そうに続けた財前に、高校時代から〝世間に疎い〟で有名な託生としては、否定も肯定もできないところがややつらい。

菱川が、城縞は女子人気が高かったとさっき教えてくれたので、もしかしたらあながち財前のでまかせではなく、城縞を身近に感じたくての恭尋ちゃん呼びなのかもしれない。そして、ついでに、託生ちゃん、だったのかもしれない。

どちらにせよ、

「呼ばれ方で落ち込んでたわけじゃないから」

「なーんだ、そうかー」

わざとがっくりしたふうの財前に、

「でもおかげで、浮上した」

財前と話していたら、落ち込みがすっと抜け落ちた。

「そうかあ？」

財前はにやりと笑うと、「俺だって、葉山を怒らせてばかりじゃなくて、たまには葉山の役に立たないとな」

「そんなに頻繁に怒ってないだろ？」

「だってほら、くどいうるさいって、よく葉山」

「確かに言ってたけど、怒ってたかなあ？　そうでもなかった気がするけど」

「ま、それはそれとして」

財前は自分のバイオリンをケースに入れると、「なに、そのいかにもなチョーゼツ古めかしいブツは」

託生の手にある、バイオリンケースに目を落とした。

「これ？　ああ、預かりもの？」

「なんで疑問形で答えるんだよ」

「うん、まあ、いろいろ」

正体不明なので、なんともいやはや、応えにくい。

「それ、井上教授の？」

「え？　うん（一応？）」

「中、バイオリン入ってんの？　入ってるんだよな、当然だよな」

あからさまに興味津々の財前に、

「気持ちはわかるけど、井上教授とは関係なく、これはぼくが預かったものです」

半分本当で、半分、嘘。

古いケース。足すことの井上佐智。イコール、どこぞの高額なオールドバイオリン。財前の興味津々の理由はそんなところであろうか。

「なら、葉山のってんなら、中、見せてよ」

高額オールドじゃないとしても、興味津々。

俄然《がぜん》目を輝かせた財前に、本当にどうしてこうバイオリン弾きは他のバイオリンにやたらと興味を持つのかなと、感心するような、呆れるような。

「駄目です。大事な預かりものだから、万が一でもなにかあったらまずいから、中は見せられません」

「えっえー、ケチだなあ、葉山」

むくれた財前は、ふと、「なあなあ。突如現れたチョーゼツ古めかしいバイオリンといえばさあ、あの都市伝説を思い出さない？」

別の方向で楽しそうに目を輝かせた。

9

「ブルーローズ？　って、青い薔薇？」

訊き返すギイに、

「日本語だとそうなんだけど、敢えて日本語には訳さないで、まんまブルーローズ」

手にした缶ビールをぐいぐい飲みつつ、楽しげに託生が説明する。

英語でも日本語でも、そんなのどっちでもいいんじゃないかと思われるのだが、敢えて日本語には訳さないというこだわりも含め、

「まるきり意味不明だけど、——へええ、そうなんだ？」

棒読みで納得したふりをしたギイへ、

「名前じゃなくて、通称がブルーローズ、なんだって」

「通称？　バイオリンの名前がブルーローズなんじゃなくて？」

「都市伝説だからさ、曖昧模糊《もこ》としてるんだよ」

「いやむしろはっきりしてるだろ」

まんまブルーローズです。ばん。

狭い託生のアパートの部屋。その隅に大事そうに置かれた古ぼけたバイオリンケース。話はまったくちんぷんかんぷんだが、託生が上機嫌なのでよしとする。

「馬鹿なの⁉」


昨夜の呆れたような憤慨は、なかったように笑ってる。

馬鹿なのかとストレートに罵られたのを受けて、現在の心境や状況を包み隠さず誠心誠意託生に説明はしたけれど、託生は結局最後まで、どうにも釈然としない表情だった。

それでも、ギイの決めたことならば、それはそれでいいと思う。と、言ってくれたのだがしかし。

託生に馬鹿呼ばわりされるのはぜんぜん悪い気はしないけれども、不機嫌のままだとちょっと困る。

朝のメールも、ちっとも返信してよこさなかったので、まあたいした内容でも急ぎの内容でもなくて、ただのご機嫌伺いのメールだったので返信はさほど重要ではなかったのだが、なんだかだでけっこう尾を引いてギイの選択に静かに腹を立てているのかと、少し危惧《きぐ》した。

後ろから託生を抱きしめて、胸の前で腕をぎゅっと交差させると、託生はおとなしく腕の中におさまって、

「そんな魔法のようなバイオリンがあるなら、お目にかかってみたいよねえ」

くすくす笑う。

すでに酔っているのか、アルコールはともかくとして上機嫌なのかは、判別不能。

モーツァルトの『レクイエム』の作曲依頼のように、正体不明の人により、ある日、唐突に届けられた古いバイオリン。

それも、魔法のかかった悪魔のバイオリンなのである。

レクイエムの伝説には作曲依頼のドアを叩いたのは実は死に神だったのでは？との不吉な推測がつきまとうのだが、それに負けず劣らずの『ブルーローズ』。手にしただけでたちまちバイオリンの名手となり、名誉も財産も手に入れるが、最後は必ず悲惨な死を遂げるという、いかにもなオチの都市伝説。

「オレはバイオリンにはそんなに詳しくないけどさ、構えただけで名手のように弾ける魔法のようなバイオリンってそれ、どうなんだ？　ありなのか？」

初めて耳にした都市伝説。ブルーローズという通称を持つ、魔のバイオリン。

ギイの自己申告による〝そんなに詳しくない〟という表現は、額面通りに受け取らない方が賢明である。なにせギイはバイオリンの演奏こそまったくできないけれども、バイオリンまわりの知識量に関しては、恐らく託生の比ではない。

「んんんー？　どうかなあ？　厳密にいうと、ない、かなあ？」

託生がしゃべるたびに抱きしめるギイの腕が、心地よく揺れる。

洗いたての託生の髪に鼻先を埋《うず》めて、

「厳密にいうとどのあたりが、ない、なんだ?」

「んーとね、厳密にいうと名手並みになるのは右手? 左手? それとも音色? みたいな」

心地よさを引き延ばしたいから、

「それってそれぞれ、どう違うんだ?」

だからわざと、託生に問いを投げ続ける。

「んー、どう説明するとわかりやすいかなあ。んーと」

考え込んだ託生は、「あ、ギイ、自動演奏のピアノ、知ってる?」

と訊いた。

「ああ、知ってる。プログラミングされたデータに基づいて、誰も弾かずとも鍵盤《けんばん》が勝手に上下して曲を演奏する、あれだろ?」

「うん、それ」

託生はちいさく頷いて、「たとえば、自動演奏のピアノの前に座って、それらしいことをしたら、実際には弾いてないけど弾いてるように見えるでしょ?」

「見えるな」

「実際には弾けなくても、いきなりピアノの名手でしょ?」

「だな」

「つまり、まるで魔法のピアノでしょ?」

「なるほど」

「あれはさあ、どこからかCDで曲を流してどうこうじゃなく、プログラムどおりに鍵盤が次々に下に引っ張られて、それで物理的にちゃんとそのピアノの音が鳴るんだけど、だから、いかにも弾いてますみたいに装えるんだけど、でも実際は、なーんにも弾けなくてもそれらしくなるでしょ？」

「なるね」

「そんなようなことをさ、バイオリンでやるのは不可能だと思うんだ」

「プログラムで弦を押さえて、プログラムで弓を引く、ってことがか？」

「うん、そうそう。自動演奏のピアノみたいに、強制的に鍵盤を下に引っ張って弦をハンマーで叩かせる、なんて、バイオリンだと、同じく機械でやるんなら、アンドロイドにでも弾かせないと無理だよね」

「まあな。自動演奏のピアノは、機械の仕組みを全部ピアノの中へ収納しちまって、外からはほぼわからないようにできるけど、バイオリンだとすべて表に出たままだしな」

「でしょう？　ということは、バイオリンは、魔法を使おうとしたら丸わかりになっちゃうかもって、ことだよね？」

「――そうなのか？」

さっきのピアノ自動演奏の説明と、その結論、果たしてちゃんと繋がってるか？

「魔法のバイオリンを持っただけで左指で音符を、楽譜どおりに音程どおりに押さえられるようになるとかぜんっぜん考えられないし、そもそも読譜できないと押さえる以前の問題だし、ましてや弓は、弓に魔法がかかってるならともかくバイオリンに魔法がかかってるんなら関係ないし、なのにいきなりボウイングが上手になるとかどうなの？　って思うし、そのふたつはともかくとして、音符どおりに押さえるのもボウイングも実力のままだとして音色だけ名器の響きになるのなら、それ、普通に良いバイオリン弾くのとおんなじだし」

「はいはい、なるほどね」

現実的で堅実な分析に、ギイは託生を見直した。というか、さすが、自分が惚れて、惚れ続けている恋人である。

この地に足のついた感じが、たまらない。

そんなにアルコールに弱くもないのに、お気に入りの缶ビールたったの二本で、今夜の託生はこんな感じだ。

「でもさあギイ」

「ん？」

「ちゃんと種も仕掛けもあるピアノの魔法だけどさ、あれってさ、音に芯《しん》がなくて、ちょっとキモチワルイんだ」

「そうなのか？」

「やっぱりさあ、下から無理やり引っ張るのはダメだよ。やっぱり！　鍵盤は。押さないと。叩かないと」

言いながら、ローテーブルに出してある三本目の缶ビールに手を伸ばした託生へ、

「今夜はそのへんでやめとけば？」

一応、止める。

酔っ払った託生は適度に理性が崩れてまことにギイ好みなのだが、どこかを境にすとんと落ちてしまうので、色気もなにもかもすっ飛ばして熟睡態勢に入ってしまうので、兼ね合いが、実にむずかしい。

「あとね、連打！　連打、びみょう」

言って、くすくすすくすくす笑う。

長い。

——やばい。

「よいしょっと」

有無をいわさず、それまで背凭《せもた》れがわりにしていた背後のベッドへと、ギイは託生を力任せに引きずりあげた。

早くしないと、こいつ絶対寝落ちする。

「やだよギイ、まだ眠くないよう」

「眠らせるつもりはないけど？」

「——あれ？」

託生は仰向《あおむ》けのままベッドをぺしぺし叩くと、「マットレス換えた？　ねえ、いつもより沈むけど、どうして？」

「それはオレがのっかってるから。というか、こらっ！　眠くないと言ったそばから目を閉じるな！　託生！　しっかりしろ！　ここは雪山だ、凍死するぞ！」

「うーん。……はい」

「――って、一秒？　託生、こら、起きろ。寝るな、こら」

なんとも気持ち良さそうに、くーすー静かに寝息をたて始めた託生に、ギイは盛大に溜め息を吐く。

どんぴしゃである。

だがこんな予想は当たらなくていい。

そのとき、託生のケータイが着信した。短いバイブ、メールである。

こんな真夜中にケータイに届くメールとは、恋人の自分がここにいる以上、企業のメルマガなどではなく、おそらく仕事関係だ。

「おーい、起きないと勝手に見ちゃうぞー」

昔も今も、託生はどんなにこれみよがしに「見てもいいよ」アピール満々にギイのモバイルをわざと託生の目につくところに置いておいても、決して勝手に（いや、ひとこと断るまでもなく）見ないのだが、そして、恋人の権利だからなとギイが託生のケータイを勝手に見ることには、まったく抵抗を示さないのだが、

「ホントにもう、オレを信頼するのも大概にしろよ」

にやけた表情で熟睡している託生の額にキスすると、「仕事のメールと思うけど、万が一、

悪い虫だとまずいからな」

　さほど効力のない言い訳をしつつ、――言い訳なんかしなくても、おそらく託生は、見ていいよ、はいどうぞ、なのだが、ローテーブルにギイのモバイルの横へ仲良く並べて置かれていた託生のケータイを手にとって、慣れた手つきでぱぱっと開く。

「あ。佐智だ」

　悪い虫ではないけれど、悪い虫よりややこしい、託生がとことん心酔しているギイの幼なじみで、いまとなっては託生の雇い主である。

　届いたメールは佐智のアドレスからではあるのだが、文責は佐智のマネージャーであり託生の直接の上司となる大木《おおき》俊郎《としろう》からであった。

「なになに？　返答が遅くなりました。本人に確認を取りましたが、そのようなバイオリンにまったく心当たりはないそうです？　あ、あれか」

　ギイは部屋の隅の古いバイオリンケースへ目を遣《や》った。

　大学の事務局へ、井上佐智宛に届けられた謎のバイオリン。

　ギイは託生のケータイの着信履歴から佐智のケータイ番号を選び、通話をぽちり。

「もしもし？　まだ起きてらしたんですね、葉山さん」

　何度目かの呼び出し音のあと、聞こえてきたのは大木の落ち着いた声だった。

「託生じゃないです、こんばんは」

　ギイが言うと、

「おや。――ご無沙汰《ぶさた》しております、義一さん」

「ご無沙汰してます」

「失礼ですが、それ、葉山さんのケータイではないですか？」

「そうです、そうです。託生のケータイからかけてます」

「なぜ、ですか」

基本まったく愛想のない大木俊郎という人物は、佐智の父親の秘書をしていたときに、クラシック音楽に造詣《ぞうけい》が深いという理由もあり、愛息子のために父親がこの男と見込んで、まだ佐智がとても幼かった頃からマネージャーとして、井上佐智のバイオリニストとしての人生を、変わらず、ずっと、護《まも》ってきた人である。

実直で献身的。しかも島岡のように仕える相手に厭味など、大木は間違ってもぜったいに言わない。

まあ、とはいえ彼らも大変に長いつきあいなので、やむを得ず大木が佐智に苦言を呈する、くらいのことは、あるのかもしれないが。

大木の怪訝《けげん》な声音に対し、ギイはいつもと変わらぬ調子で、

「佐智から聞いてらっしゃるかもしれませんが、いま日本にいるんです」

「――そのようですね。お仕事、リタイアされたとか？」

「あ。まあ。それに関しては、措《お》いといて、ですね。託生がもう寝てしまったので、かわりにオレが電話してみました」

「かわりに、とは？」

「届けられたバイオリンについて、少しお話をしたいかなと」

「お言葉を返すようですが義一さん、これは葉山さんの仕事であって、義一さんにはなんの関係もありませんが」

間髪《かんはつ》を容《い》れずの大木の返答に、しまった！　そうだった、この人は筋を重んじる人だった！　と、後悔したものの、

「もしよければ、協力させてもらってもいいですか？」

めげずに続ける。

「義一さんに尽力いただくようなことは――」

「届け主も目的もまったくわからない謎のバイオリンの、解明を！」

「……解明」

「どうみても託生の手に負えるようなものではないような気がしたので。大変に、差し出がましいんですけども」

「解明とは、つまり？」

「あれが佐智に届けられたものならば、現在の持ち主は佐智であると仮定して、その上で、中のバイオリンがどのようなものか調べる許可をいただけたらと」

「調べるとは？」

「分析とか。あ、いや、バイオリンだから鑑定ですね」

「鑑定、ですか……」

大木の声が低く沈む。

「大丈夫です。分解したりしませんから」

それはかなりの最終手段だ。

「いえ、そうではなくて、ですね、……鑑定ですか」

「まだケースの蓋を開けてすらいないので、中にバイオリンが入っているんだろうなとの想定でお話ししてるんですけれど、外側がバイオリンケースだからといって必ずしも中にバイオリンが入っているとも限らないですし、まずは蓋を開けずに非破壊検査からかな、と」

「——ああそうか、確かにバイオリンが入っているとは限らないですね。その可能性を失念していました。さすがですね、義一さん」

人はどうしてもパッケージで中身を決めつけてしまう。無意識に。それの最も顕著な例が、制服だ。警察官の制服を見れば疑いもせずにその人は警察官だと思ってしまうし、それが消防士でも医師でもなんであれ、そういうものである。

錯覚とはまた別の、思い込み。

バイオリンをしまうためにバイオリンケースがあるのだから間違った認識ではぜんぜんないが、瞬時に経緯や状況を鑑《かんが》みて、それをそのまま真に受けない、崎義一という人間が、少し、特殊なのである。

「いえいえー。託生が迂闊に蓋を開けなかったおかげで、金具まわりとか外側からもなにかわかるかもしれませんし、それと、ざっくりチェックしてみたところ、磁場や電気的なものもケースからは発せられていないので、テロの可能性も少ないかなと」

「え。テロ、ですか？」

――いや、かなり、特殊かもしれない。

「いやいやそこはさらっと流してくださいよ大木さん。かなり遠い可能性のひとつとして、ですから。ほら、たまにあるじゃないですか、郵便物に細菌兵器とか開けたら爆発とか」

「まあ、……日本では、たまにですらないですが、海外では、そうですね」

「ね？　でしょう？」

海外でもしょっちゅう起きているわけではないが、謎の届けものとくれば、用心に越したことはないのである。

謎の外国人から届けられた謎の品物。定番は密輸入の麻薬だが、ひっくるめて、そっち方面はまったく疑いも警戒もせずに、ひょいひょい自分のアパートの部屋までバイオリンケースを持って帰ってきた託生にひやりとさせられたが、……託生、日本人、だもんな。と、ギイは自分へそっと言い聞かせた。

世界基準でいけば、こんなに安全で安心な国は滅多にない。他にはないと言い切ってしまってもかまわないくらいだ。平和ボケというよりも、むやみやたらと人を疑わない、いちいち悪意を深読みしない、とても人柄の良い国なのだ。

託生にとって水の合う、託生が託生らしくいられる、ギイにとっても、大切な国。

「もしくはですね、これはそっくりそのまま、佐智が帰国するまで、大学の佐智の部屋で保管しておく、とか？」

「それでかまわないと当初は思っておりましたが、義一さんのお話を伺っていたらとても心配になってきました」

「あ、すみません」

「いいえ。謝らなくてけっこうです。――わかりました。佐智には伝えておきますので、存分に分析をなさってください。と言いますか、申し訳ありませんがよろしくお願いいたします」

「え。分析しちゃっていいですか？　鑑定じゃなくて？」

うっかりと、声が弾む。

正体不明のものを調べるのが大好きなギイとしては、存分に、とか、徹底的に、とのお許しをいただくと、もう最高に楽しくなる。

幽霊などの超常現象に関しては完全否定の崎義一。〝ものごと〟には〝原因がある〟からこそ〝結果がある〟がポリシーなのだ。であるので、たとえば完全否定の幽霊であっても、いると証明されればああそうなのかと、正しい用法の『君子は豹変《ひょうへん》す』で、ひらりとそちら側へ行くのである。感情論ではないのだからして。

人間自体、まだまだ解明されていない部分の多い生命体なのだ。だがどんなに謎が多くとも人体になにかが起きたときにはちゃんと原因と経緯があるのである。宇宙ですら、すべてがつまびらかに解明されてはいなくとも、意味もなくそこにぽつんと星がある、なんてことはないのだから。

理由も根拠も原因もなくただただ事象が存在するなどありえない。ヒトの知識や知恵や思考の切り口が追いついていないだけで、百年後だろうと千年後だろうと、しつこく追えばいつかは必ず解明される。

困難なパズルを解くべく挑み続けるその快感。

たとえ自分は答えを知ることなくこの世を去ったとしても、その最初の第一歩を踏み出したのが自分だとしたら、もうそれだけで、充分に楽しい。

そこまで大仰でないとしても。

このバイオリンケースの謎は果たしてどこに繋がっているのであろうか？——想像しただけでわくわくする。

電話の向こうで、

「もし仮に、かなり高価なバイオリンだったとしたら厄介なことになりそうだなと、そこが引っ掛かってはいたんですが」

慎重に、大木が言う。

井上佐智の後ろには、大企業の井上産業がどどんとある。御曹司に高額のプレゼントを贈ることのメリットは、そこに悪意や下心を重ねると、確かに相当厄介だ。

「では込み込みで、崎義一がお引き受けします」

「お願いします。あ、分析の諸経費などは、どうしますか？　最後にまとめてこちらに請求いただけますか？」

「いやだなあ大木さん。これは仕事ではなくて、ただの、オレの、趣味？　違うな。そうだ。佐智への友情の証《あかし》なので、そのあたりはお気遣いなく」

「そうはおっしゃられましても、ですね」

「仕事リタイアしたんで、オレ、時間はたっぷりあるんですよ。というか、興味深い案件をご依頼いただき、ありがとうございます」

「ですが、それでは――」

恐縮する大木へ、遮るように、

「では、また！」

明るく告げて、ケータイの通話をぽちりと切って振り返ると、熟睡していたはずの託生と目が合った。

げっ。こいつ、いつから起きてたんだ!?

託生はじーっと、悪戯っぽい眼差しで、黙ってギイを眺めている。

「――なんだよ。言いたいことがあるなら言えよ」

ぼそりと訊くと、

「別に？」

言って、くすくす笑う。

「だから、なんだよ」

「いつものパターンだなあって思っただけ」

仕事はぜーんぶやめたと言ってたくせに、人ってそう簡単に変わらないものなのだな。

これは仕事じゃないと言いながら、結局あっちこっちで大活躍。それが、ギイにまったく受け取る気はなくても収入に繋がり、人が繋がり、あちこちで会社ができて、くるくるとギイが世界中を飛び回ることに繋がるのだ。

「そうかよ」

むっすり言うと、託生がギイへと腕を伸ばす。

「さっきギイ、眠らせるつもりはないって言ってたよね」

そして肱のあたりを軽く引くと、「……ねえ、なにするの？」

甘えるように、小声で訊いた。

10

動くとなると目まぐるしい。

ギイのこの、落差。

託生の部屋で狭いのどうのと文句を垂れつつぐだぐだしているときはあんなにひたすらぐだ

ぐだなのに、本人はこれは仕事ではないとくったが、

「本気じゃん」

どう見ても。

朝一番で（まだ六時前だよ!?）託生の部屋に現れた数人の作業着姿の男たちに、昨夜のうちにこれ以上の余計なものがつかないよう大判のゴミ袋ですっぽり包んでおいたバイオリンケースを（いや、ゴミ扱いをしているということではなくきちんと用をなすサイズのものが指定の燃えるゴミ袋しかなかったのだ！）慎重に手渡して、ギイは彼らになにやら告げると、その後の予定をぱぱぱっと詰めた。

何本かのメールと電話。

「やるべきことがたくさんだ。今日は忙しくなるぞ」

そして、満足げににやりと笑う。

敢えて本人に伝えたことはないのだが、託生はギイのこの笑顔がかなり好きである。とても頼もしくて、とても色っぽい。

「なあ託生、今日って大学行く？　それともオレに一日、付き合える？」

朝からカレーライスが食べたいなどと言い出したギイに、仕方がないので近くの（徒歩二分の距離である）コンビニで買ってきた（このモーニングにどんぴしゃりな時間帯ではファミリーレストランですらカレーはメニューにはなさそうで）レトルトのカレーを湯で温め、託生が温めてくれるとレトルトカレーすら絶品だなと目尻《めじり》を下げる相変わらずのあばたもえくぼはさ

ておき、

「今日？　大学には毎日行くわけじゃないし、付き合うのもかまわないけど、でもぼくが一緒だと却《かえ》ってもたもたしちゃって邪魔だろう？」

ギイのレトルトカレーを買いに行ったついでに自分の朝食も購入し（といっても、フルーツ入りのヨーグルトだが）、カレーの強い匂いにはヨーグルトって完全に負けるなと思いつつ、訊いた。

味はヨーグルトなのに匂いがカレーな、さらさらななにかを食べてる気分だ。

「邪魔なもんか。てか、今日のオレには託生は必須アイテムなのです」

「なんだ、それ」

思わず笑った託生へ、

「桜ノ宮坂音大って、構内に防犯カメラ設置されてる？」

おかわりしそうな勢いで瞬く間にカレーライスをたいらげたギイは、「電気炊飯器に、まだご飯残ってたよな？」

立て続けに訊くのと同時に、炊飯ジャーの蓋をかぱっと開けた。

託生の部屋には炊飯器がふたつある。ひとつは、炊き上がりは限りなく普通だが大変経済的な一人用ご飯が炊けるちいさいサイズのもの。そしてもうひとつは、そのサイズと炊き上がりに大変不満のある誰かさんが有無をいわさず持ち込んだ家庭用サイズの、炊き上がりにとってもこだわった（お値段も高めの）炊飯器。

昔から言われてることだが、やっぱりご飯はたくさん炊くとそれでなくても美味しいのに、ギイが持ち込んだ炊飯器は間違いなくよい仕事をするので、ギイがこちらにいる間は、託生も高性能炊飯器でしかもたくさん炊いたならではの美味しいご飯を食べることができていた。

ちなみに米は、これまたギイ関係で、自動的に託生の元に毎月送られてくる北の方のものである。どうせなら玄米を送ってもらってその都度精米しようと提案したギイを、その方法ならば美味しい米が更に美味しくいただけるのはわかっていても、この狭い部屋にふたつめの炊飯器を持ち込むだけでなく精米機まで持ち込む気か！　冗談じゃない！　と、さすがに託生が怒って拒否したので精米機はここにはないし、送られてくるのも白米である。

聞けば、その農家さんになにやら貢献したらしい。もちろんお金とか関係なく、なにやらなにかのなりゆきで、無償で尽力したらしい。延々、毎月、お米が送られてくるような感謝をされる、いったいどんなことをしたのかは、詳しいことは託生はよく知らないが、ギイはそうやっていつもあちこちでなにやらちょこちょこと貢献しているので、そのあたりも高校時代と変わっていない。

もしかしたらギイのことなので、最初のうちはともかく途中からは、毎月送ってください契約に切り替えて、託生には内緒でこっそり代金を支払っているのかもしれないが。

ともあれ。

そのおかげで、丹精されたお米のご飯が毎日いただける。

御曹司だから無条件で持ち上げられるとか、厚遇されるとか、そういうのではなくて、ギイという人間がそういうふうにできていることが、託生にとって〝ギイが恋人で誇らしい〟理由のひとつになるのかもしれない。

「ご覧のとおり、ご飯はまだ半分くらい残ってるはず。防犯カメラは、設置されてないわけないだろうなと思うけど今まで意識して見たことがなかったから、よくわからない」

ふたつの問いにまとめて応えると、

「大学で警備会社、使ってるんだろ？」

更なる質問。

「……さあ？」

使っているかもしれないし、使っていないかもしれないし。「正門に守衛さんはいつもいるけど、警備会社の人かどうかは……？」

「お前、自分が勤めてる大学なのに、警備まわりも知らないままよく働けるな」

平和ボケかと突っ込まれるのは慣れているので、

「うん」

先手必勝でさっくり頷く。

ギイはちいさく苦笑いして、

「冷蔵庫におかずになりそうなもの、まだなにか残ってるかなあ」

カレー皿にご飯を大盛りにして、それとは別に、狭い台所のちいさな冷蔵庫の扉を開けて、まじまじと中を覗き込む。

ギイが託生の部屋にいると、あっと言う間に冷蔵庫の中がきれいになる。食べられそうなものを片っ端からギイが食べてしまうせいで。

高校時代、ブラックホールの異名ならぬ胃名を持っていたギイの旺盛《おうせい》な食欲は三十を手前にやや陰りを見せつつも、託生に比べたならばとんでもなくタフである。

そんなギイの一番のお気に入りは、託生が常備菜として作り置きしているキンピラゴボウとヒジキの煮物。ギイがやけに気に入ったので、いつひょっこり現れるかわからないギイのために、もともと常備菜だったけれど、そうと判明してからは意識的にどちらかは必ず作って冷蔵庫へ入れていた。

今回も、ふらっと現れ、最初に嬉々としてたいらげたのがヒジキの煮物。そこから順番に侵略してゆき、現在、製氷皿の氷を除き、冷蔵庫の中には市販のご飯のお供の瓶ものがいくつかあるのみ。

その最後の瓶ものを、すべて冷蔵庫から取り出して、

「冷蔵庫ん中すっかりカラになっちゃったし、今日は買い出しにも行かないとな、託生？」

嬉しそうにギイが言う。

ギイは〝一緒に買い物〟が好きである。それが箸《はし》の一組でも、スーパーでの買い出しでも。さっきのカレーを頼まれたコンビニも、ギイに本日の根回しの急ぎの用事がなければ絶対にくっついてきたであろう。

「いいけど……」

浮かれて大量買いをしないよう、いまここで釘を刺しておくべきか？ それとも、その場で注意の方が効果的か？

「その前に大学に寄って、防犯カメラの映像を調べさせてくれよ」

「え。――それは、どうかな。もし大学に防犯カメラが設置されてるとしても、その映像をなんて、急には、無理じゃないかな」

警察でもないのにいきなり映像見せてください、はいどうぞ、なんて、いくらギイでもそんな展開になるわけがない。「っていうか、なんの映像を調べるの？」

「もちろん、事務局にバイオリンを届けた外国人の映像だよ」

「でも事務局には防犯カメラ、なかったよ？」

大学へ行くと毎回必ず顔を出す場所だが、少なくともあそこでは、見たことはない。

「事務局そのものを写してないとしても、確認したいというか確認してもらいたいのは、バイオリンが届けられた前後の時間の構内の映像。どこかにその外国人が写り込んでるかもしれないだろ？ それを、外国人に応対したっていう事務の人にチェックしてもらいたいのさ。その人物を特定する手始めとして」

「――ああ。なるほど」

人物の特定か。それならば、まったくの無理ということでもあるまい。「わかった。菱川さんに頼んでみるね。彼女ならきっと協力してくれると思うよ」

新人事務員の不手際をあんなに恐縮してくれたのだから。

外国人について、なにかちょっとでも思い出せたらメールで教えてくれませんかと頼んでおいた件は、残念ながら今もって連絡なし、ではあるが、もし構内に防犯カメラが設置されていて、もしその外国人が写っていたなら、昨日の今日だ、はっきり顔が写ってなかったとしても服装なり雰囲気なりで（なにせ大学内国際化が進みつつあるとはいえ、圧倒的日本人多数の中の数少ない外国人なのだし）みつけられる可能性は高いだろう。

11

深夜に自宅でバイオリンをかき鳴らした財前邦彦という男もいるが、常識的には森閑とした深夜や早朝に楽器演奏は禁物である。近所迷惑だからである。

これが人里離れた山奥の祠堂《しどう》学院だったならば、学生寮から少し離れてさえいれば青空練習はそんなに迷惑でもなかったかもしれないが、完全防音の部屋に住んででもいない限り、都会ではとうていありえない。

ピアノに弱音ペダルがあるように、バイオリンにも駒に噛ませて弦の震えを強制的に圧するミュート——消音もしくは減音させる装着パーツはあるのだが、確かに音はちいさくなるけれども、不自然な圧により楽器本体にかかる負担とか、そもそも練習の目的は、どう効果的に音を鳴らすか大きく響かせるのかにあるのに、ミュートさせてはまったくその目的は果たせないどころかその物理的な作用により音が変質してしまい、むしろ上達を邪魔することにもなりかねないので、ミュートを付ければどんな時間でも練習できるじゃないかという発想は、少し危険である。

ということで、大学の練習室は早朝練習したい学生のためにかなり早い時間から使用が可能なのである。大学の教員や職員はほとんど出勤していないとしても、正門に守衛はいて、学生課でも練習室の個室の鍵を受け取れる。

付け加えておくと、練習室は壁の吸音材などでかなり減音されてはいるが、防音を施された部屋ではない。録音スタジオならば内外の音を完璧に遮断するために完全防音は必須であろうが、練習室にはそこまでの機能は必要ではない。むしろ、多少は音が洩れ聞こえる方が、他者の刺激になってよろしいのだ。

早朝練習を狙っていた学生時代ならばともかく、勤め始めてからは朝の七時などという時間にアパートを出て大学へ向かう機会は滅多にないので、

「いくら散歩を兼ねてったって、早すぎないかい？」

朝のぴんと澄んだ空気。懐かしいような、新鮮なような、不思議な気分。「こんなに早い時間だと、事務局のスタッフ、まだ誰も来てないよ」

住宅街を抜けてゆくなだらかな道。

いつもの景色としては、ここから駅方向へ流れてゆく通勤通学の人々で往来はとても賑やか

なのだが、朝の七時ともなるとさすがに人どおりはかなり少ない。

にもかかわらず、その数少ない通行人に、すれ違いざま、ハッとしたように二度見をされる崎義一。

着ているものといえば綿のカッターシャツとよれよれジーンズ。髪はまったく整えていない天然ほわほわのまるでひよこ頭なのだが（それはそれでちょっとかわいい）にもかかわらず、どんな格好をしていてもギイはやっぱり人目を惹く。

敢えて隠しているわけではないけれど、イケメンのだだ漏れ具合が半端ない。

「まあまあまあまあ」

リズムをとるように楽しげに繰り返したギイは、託生の手をぎゅっと掴むと、「大学に行く前に、案内したい場所があるんだよ」

進行方向は大学方面なのだが、その途中を折れて、小高い丘へ。

「わ。なにするんだギイ」

繋がれた手をほどこうとすると、却ってぎゅっと握られる。

「いいじゃん、そんなに人どおりないし」

「いや、人は少ないけど、そうじゃなくて――」

些細な人目であっても気にする託生に対して、どんなに人目を惹こうとも、相変わらず、まったく頓着《とんちゃく》のないギイであった。

ぶれない男。崎義一。

持ち前の天下無敵の気にしないいっぷりを存分に発揮しつつ、傾斜の弛《ゆる》い上り坂を軽快な足取りで、且つ長い脚に比例した大股《おおまた》で、どんどんどんどん進んでゆくギイへ、繋がれた手が恥ずかしいのだが要はぐいぐい引っ張られるまま速足で坂を上らされているので振り払うわけにもゆかず、そうして、

「――ねえギイ、いったい、どこまで行くんだい？」

やや上がった呼吸の中、必死に歩を進めながら訊くと、

「んー？　そろそろかな。南の斜面の、白い壁に焦げ茶の屋根の、ほら、あれだ」

指で示された先に、長方形を多用した全体的にすっきりとしたデザインでアーバンモダンな雰囲気の、二階建ての一軒家があった。

家の真ん前で立ち止まり、

「どう思う？」

ギイに訊かれて、

「なにが？」

と託生が応える。

この小高い丘の界隈《かいわい》は、閑静な小洒落た庭付き一戸建て住宅が、そこそこのゆとりを持って軒を連ねているエリアだ。

「オレ、今日からここに住むことになったから」

「――はい？」

「あ、正確には昨夜のうちから住む予定だったんだけど、オレ、夜はお前の部屋にいたかったからさ」

甘く微笑む美男子に、その色香は充分に魅力的なのだが、

「……どういうこと？」

それとこれとは、いまは別。

「どういうことって、――一目瞭然《りょうぜん》？」

「疑問形でかわいく小首を傾げてもぼくには効いてないからね。っていうか、一目瞭然？　じゃないよ。見てもわかんないから訊いているんじゃないか。ちゃんと説明してくれよ。ぼくにも理解できるように、順番に」

「まままま、落ち着いて。な？　な？　こんなに託生のアパートに近くて、しかも託生のアパートから大学行くまでの途中にあるなんて、ここ、すげー使える物件だと思わないか？」

使える物件て、なに？

「だからさ……！」

託生はなんとも応えられない。「状況が、よく呑《の》み込めないんですけども」

門柱の表札に『山下』の文字。

家の前の駐車スペースは三台ほどとめられる広さがあり、既に一台とまっている。

ということは、

「わかった！　ギイ、この家に下宿させてもらうってこと？」

「いや？　下宿じゃないよ」

「だってここ、山下《やました》さんて人の家なんだよね？　ギイの家じゃ、ないんだよね？」

いきなり一戸建てを買ったと聞かされてもそれはそれで驚くが、いやこの程度の日本の一戸建てならば、ギイの経済力なら購入など、それこそあの、託生にはわけのわからない不気味な輝きのクレジットカードの一括払いでぽんと買えそうだがそういう意味ではなく。

「ああでも下宿に近いのかな？　ここ空き家。で、親父からの命令で、ここで住み込みの管理人のアルバイトをすることになったんだ」

「——はい？」

説明されて、ますます意味不明になるなんてこと、あるのだなあ。

そんなに突っ込みの得意でない託生でも、いまのギイのセリフには突っ込みどころが満載である。突っ込みポイント発見しまくりである。

ギイはよれよれジーンズの後ろポケットから鍵を取り出すと玄関を開け、躊躇なく家の中へ入ってゆく。

「ほら、託生、なにしてんだよ、早く来いよ」

促されてやむを得ず、

「……お邪魔します」

まっさらな、新築の匂いのする小洒落た家へ、託生は遠慮がちに入って行った。

空き家なのになにゆえ新築の匂いなのか。——空き家と説明され、託生が抱くイメージは、家具も家電もなくガランとしている、というものなのだが、この家は空き家にしてはいろんなものが充実していて、まんま山下さんの家にお邪魔している気分である。

それも、かなりリッチなお宅。

託生が得意でない、空間だ。

よってリビングの隅で遠慮がちに佇《たたず》む託生へ、

「なーにしてんだよ」

承知しているギイが笑う。「好きにしていいんだって。ここ、昨日まではからっぽだったんだ。オレが住むのにそっこーいろいろ揃えてさ、だから、——なあ」

ギイが託生の肩を抱き、「また借りてきた猫みたいになってるぞ、託生」

軽い口調でからかった。

「そ、そんなことないよ」

からかいに笑って応えたいのに、託生はどうしても緊張してしまう。

マンハッタンのギイの実家へ初めて足を踏み入れたときも、あのときは記憶が混乱している最中ではあったのだが、そんなときでも、あまりに豪華な空間に身の置き場にほとほと困り、いますぐ帰りたい気分であった。

「——揃え過ぎたかなあ……」

ぼっそりとギイが呟く。

からっぽのままにしておいて、託生と少しずつ家具を揃えた方が良かったか？

「でも、これでも、必要最低限に絞ったんだけどなあ……」

は？　この程度でOKなんですか？　もしや私の腕をお疑いですか義一さん？

託生がすぐに臆することを思い出し、本領発揮しまくり中の辣腕《らつわん》秘書に途中で急いでストップをかけ、と、嫌みをぶつけられる程度には控え目に抑えたつもりだったのだが。

それとも、量ではなくて〝質〟の問題であろうか。

島岡の家具のチョイスは、放っておいても最高級ラインである。

「もしかして、引いちゃってる、託生？」

改めての問い掛けに、

「ううん、そ、そうじゃないけど、ここ、だって、ギイの家だろう？　ぼくは、その、……関係ないし」

関係ないし。と、きたか。

「わかった。じゃ、ここ、からっぽに戻す」

選択を間違えた。

「え!?　せっかく揃えたんだろ？　ここに住むために」

ゼロからスタートが正解だったのだ。

「浮かれてて、オレちょっと急ぎ過ぎたんだよ。からっぽに戻して、そうだな、託生はどんな感じがいい？　たとえばソファの材質とかさ。革がいいとか、布がいいとか」

「それはどっちでも、ぼくが決めるようなことじゃないし」

「つれないこと言わないで一緒に決めてくれよ。試しに、ほら」

ギイは託生の肩を抱いたまま、エスコートするようにふたりで並んで横長のソファに座る。

ふわりとした座り心地に、

「ぅわ」

託生がちいさく声を上げる。

とても柔らかな総革張りの、ほどよく体が沈むソファ。値段はさておき、まるで天国のような座り心地は一度味わうと、――忘れられない。

表情が一変した託生へ、

「これ、どう?」

訊くと、

「うん」

こくりと頷く。

「悪くないだろ?」

「うん」

「じゃあソファはこのままでいい?」

「う、――わ」

押し倒した感触も、天国のようだ。

どこまでも滑らかな本革の手触りといい、体全部を柔らかく受け止め包み込むソファの沈み

具合といい、

「なあ。ここでしたら、さぞ気持ち良いと思わないか？」

託生の耳元で囁くと、

「朝っぱらからなにを言っているんだよ」

頬を染め、やや抵抗の口ぶりなれど、託生はギイを押しのけない。

こと託生に関しては、いついかなるときであれどんなに些細なチャンスすら絶対に逃す気のないギイとしては、押し返されないのをいいことに、遠慮なく体重をかけて自由を奪う。

スタートが早かったおかげで、幸い時間はたっぷりある。存分にいちゃいちゃしてもお釣りがくる。

もうずっと、ギイが最初に唇を落とす場所は決まっている。

左顎《あご》の下とか首筋とか、左の鎖骨のあたりとか。

海を越えた遠距離恋愛、何カ月も会えずにいて久しぶりの逢瀬《おうせ》の折りに自制を最大限に利かせたつもりで、だがどうにも暴走しがちな自分に或《あ》る日訪れた幸運である。最初に〝それ〟を見つけたときは、託生お前誰と浮気したんだ！　と激怒したがそうではなかった。真面目に、日々ひたすら熱心に、バイオリンを練習した所産であった。

ということで。

派手にキスマークを残しても、バイオリンの練習による痣《あざ》だと勝手にまわりは誤解してくれる。猛烈な練習をしなくなると痣は薄くなったり消えてしまったりするのだが、かの天才バイオリニスト曰《いわ》く痕《あと》がつくような弾き方など論外！　だそうだが、それはこの際どうでもいい。

「くすぐったいよギイ」

託生が体を捩るので、それを腕で押さえつけ、

「すぐに、くすぐったい以外のセリフを言わせてやるよ」

囁いたとき、

「おはようございます義一さん、葉山さん」

頭上から冷静な挨拶が降ってきた。

「ぎゃっ！」

と、ギイ。

託生もぎょっとギイのシャツを握りしめて固まった。

「い、いいいつからそこにいたんだよ、島岡！」

「声を掛けるタイミングをはかってまして」

「だから！　いつからそこにいたんだよ！」

「ほんの数分前ですが」

「だったら！　そのとき！　すぐに声を掛けろよ！」

「おふたりが良い雰囲気でしたので、お邪魔をしたら悪いかなと」

「いま！　このタイミングで邪魔する方がよっぽど悪いわ！」

「まあまあ。そんなに声を荒らげずとも」

「ふざけるな！　これが荒らげずにいられるか！」

「そろそろ朝食の準備をしませんと、会社に遅刻しそうですので」

と続けた島岡は、ネクタイはまだしていないがぱりっとした薄いブルーのワイシャツに、下はダークカラーのスーツのズボン。

「――島岡、お前、どこからきたんだ？」

「自分の部屋ですよ、もちろん」

島岡は二階を指さして、「おかげさまで、とても快適です」

満足そうに微笑んだ。

「……島岡さんの、部屋？」

って、どういうこと!?

託生の目が鋭くギイを見て、

「島岡さんって本当は山下さんだったのかい？　それで島岡さんが留守の間、ギイがここに住むってことかい？」

託生にしては珍しく、小声ながらも早口でギイを問い詰める。

その歓迎してない口ぶりに、託生には申し訳なくもギイは嬉しくてこそばゆい。

よいしょと託生を引き上げて、ふたりでソファへ体を起こすと、

「管理人のオレに無断で早速ここに泊まったのか、島岡？　でも玄関に靴ひとつもなかったぞ。なあ、なかったよな託生？」

「……うん」

記憶力ゲームはさほど得意でない託生でも、まっさらな玄関に（先に家に上がったギイの靴以外には）なにもなかったのを覚えていた。

もしあそこに島岡の靴があったなら、託生は家に上がるのを、もっと躊躇するなりごねるなり、したはずである。

「整理整頓《せいとん》。靴は靴箱に、ですよ義一さん」

島岡は当然のように言うと、「せっかく家中を期限内に整えましたのに、初日から誰も使わないなんてもったいないなくないですか？」

「ということは——、あっ！　初風呂！」

「ええ。初風呂も初トイレも初テレビも初キッチンも、初ソファも、すべてわたくしが使わせていただきました。繰り返しますが、すべてとても快適です」

自分の完璧な仕事ぶりを自画自賛しているようにも聞こえるのだが、そこではなく、〝ソファ〟の部分で託生がもぞりと腰を浮かせた。急に座り心地が悪くなったのかもしれない。

まるで、家人が不在の家へこっそり恋人を引き込んだ弟が、突然の兄の登場にわたわたするも、一番どうしていいかわからないのは引き込まれた恋人の方である、のような図。

託生が感じている疎外感。

そんなもの、感じなくてもいいのに。

むしろ部外者は島岡だよ。

「でも島岡、海外出張なんだから、会社が契約している都内のいつものホテルに泊まってるんだろう？　そっちはいいのか？」

「部屋は引き上げました。荷物も既にこちらに移してあります。都内のホテルに比べるとここから出勤するのはやや距離がありますが、どうせ数日のことですし」

「って、もしかして——」

「前倒しの夏休み、いただきました。先《ま》ずは一週間ほどですが」

「おおーっと」

ギイは額に手を当てると、「マジか。なんだよ、本気かよ」

どこまでも有言実行の島岡隆二。

「それから、ご要望どおり、乗用車を一台用意しておきました」

「おっ。さんき——」

「大事な社用車ですので、くれぐれもぶつけたりしないでくださいね義一さん」

礼を述べるギイのセリフに敢えて被せるように、島岡が釘を刺す。

「おい。そういうときはクルマより、オレの心配をしろよ。ぶつけてもいいのでくれぐれもケガはしないでくださいね、とかさ」

「義一さんには些細なケガですらしていただきたくないので、ぜひ、ぶつけないでください。

——これでよろしいですか？」

「お。——おう」

「義一さんのドライビングスキルの高さは存じてますが、念のため、エアバッグは運転席にも助手席にもついているものにいたしました。あとは、カーナビの走行記録ですけれど、義一さんを信用して消してはいません。入力されている系列会社の住所データもそのままですし、ハードディスクにいままでの使用者たちがいくつか楽曲を読み込ませていましたが、それも消去はしていません。そのあたりはご自身の判断で好きになさってください。それと、あの車に関してはずっと乗っていただいてかまいませんが、ただし、十五カ月後には車検となりますのでご注意くださいね」

「了解。——あのクルマ、車庫証明ってここになってる？」

「いいえ。社用車ですから、登録は会社の住所です」

「じゃあオレ、あれを返して新車を三台ここに置いても、登録的には問題ないんだ」

「ありません。重複はしませんから」

「よっし！」

「……三台も、一気に買われるんですか？」

冷ややかに島岡が訊く。

「買わないよ。確認しただけだ。というか、しばらくは社用車使わせてもらうから」

「そうなさってくださると、とても助かります。休みに入りましたら私も、一台置かせていただきますので」

「え。島岡、日本《こっち》にクルマ、持ってたのか？」

知らなかったぞ。

「いいえ。この機会に、以前から興味のあった燃料電池車を手配してみました。完成していればぜひとも水素自動車に乗ってみたいんですが、まだまだ先のようですし」

「おおおーっ。それ、どっちも面白そうだ、さすが島岡！」

「お誉めいただき光栄です」

「燃料電池車かあ。配車されたらオレにも試しに運転させて——って、あれ？　免許持ってたっけか、島岡？」

「マンハッタンはともかくとして、アメリカにいて自動車が運転できないとかなり不便なんですよ？　義一さん、よもやご存じないですか？」

「そんなわけあるかい。いつも運転手付きの車に乗ってたから、島岡が運転しているところ、見たことなかったなあって話だよ」

「そうでしたっけ？」

「そうでした。オレの記憶力、疑うのか？」

「いいえ？　ぜんぜん」

含みをまったく感じさせないにっこり笑顔の島岡は、「ただ日本のクルマ、オートマティック車ばかりなんですよねえ。マニュアル車、楽しいんですけどねえ」

残念そうな口調で、するりと話題を逸《そ》らした。

「あーはいはい。ですね」

雑に大きく頷くギイの傍らで、不安げにふたりの会話を黙って拝聴している託生へと、

「葉山さんは運転免許、お持ちでないんでしたっけ？」

　島岡が話を振る。

「いえ、ぼくは、大学卒業してからずっとこっちにいるので、自動車の運転免許は」

　必要に迫られたことがないので、検討したことすらなかった。

「ああ。地方と違って都心や都心近くに住んでいると、自家用車を持たない人も多いですし、そもそも運転免許を持ってない人も多いですよね」

「そうですね。ぼくの地元では皆、免許もクルマも持っているので、というか、移動手段はもっぱらマイカーなので、そうですね」

「ですよねえ。良い機会ですから葉山さん、自動車免許を取得なさったらいかがですか？　ロングドライブ時のドライバー、多いのに越したことはありませんからね」

「おい島岡、ロングドライブ時のドライバーって、なんだ、それ」

「え？　私が本格的な夏休みに入りましたら、三人で日本国内を自動車で旅行しませんかのお誘いですが」

「おいおいおいおい、いきなりなにを言い出すんだよ。自動車で国内旅行？　三人って、島岡とオレと託生か？」

「はい、私とご隠居さんと葉山さんの三人です」

　ギイの動きがぴたりと止まる。

「――ご隠居さん？」

はい、私とご隠居さんと葉山さんの三人です。

「ご隠居さん!?　オレのことか！」

「ええ、もちろん」

すがすがしいほどの爽《さわ》やかな笑顔で、「リタイアなさったんですから、ご隠居さん。ですよね、ねえ葉山さん？」

同意を求められて、託生もぴたりと返事に詰まる。

ご隠居さん。

二十九歳の、目の前の、この超絶イケメンが？

「ぷぷぷぷー」

ご隠居さん！

「笑うな託生！」

「いっそ印籠《いんろう》を懐に入れて全国を行脚すればいいんですよ、ご隠居《義一》さん」

「どこの時代劇だ、それは！」

「ぷぷぷぷぷー」

「笑うなっつってんだろっ！　こら、託生！」

12

都心郊外の自然溢れる広い敷地。その深い緑から純白に浮き立つ建築物。壁面のところどころや室内に強化ガラスやポリカーボネイトが多用されているために、ありとあらゆるものを分析している（その専門性の高さゆえに却って日本国内での一般的な知名度は低いものの、設備も人材も世界の最先端をゆく）化学研究所という性質上、きっちりと密閉されている構造であるにもかかわらず、建物の中から見える景色は豊かな緑のおかげで開放的で清々《すがすが》しく、非常に快適である。

「小笹《こざさ》室長、これ」

非破壊検査用の機械のひとつ、X線の映像がディスプレイに表示され、研究員のひとりが画面の中央やや下よりを指先で示して、「この長方形は封筒、でしょうか」

と訊いた。

閉じられたままのケースの中に濃淡のグラデーションで映し出されているバイオリン。そしてバイオリンの影に重なるように一本の弓と、葉書より一回り大きなサイズの長方形が。

「この映像、そのまま送れ。あれが手紙なら贈り主もわかるだろう。ただし——」

「わかってます。つまり不審物はあの長方形だけということですよね」

「そういうことだ」

小笹室長は大きく頷くと、「もし封筒だとしたら、開封はプラスチック爆弾の有無を調べてから、箱の中でする」

犯罪の証拠品クラスの精度で、と、検査を依頼されたバイオリンケース。非破壊検査だけでなくケースまわりの付着物や指紋の採取と、いろんな検査が現在同時進行で行われている。

個人的な印象からするとあのバイオリンケースからは攻撃的な匂いは一切しないが、念のためであれ手続き上であれ、封筒は密閉された空間で開封されなくてはならない。炭疽菌《たんそきん》事件は常に参照されるべきものだからだ。

「これ、ただの手紙じゃないですかね」

研究員が言う。

「かもな」

「——崎所長と仕事していると、ここが日本だってこと、たまに忘れそうになりますよ」

「危機管理意識が高過ぎてな。だが、これでグローバルスタンダードだからな」

「そう、それです。これがその手の機関から依頼された犯罪の証拠品ならむしろ当然の態勢ですが、今回のは違いますよね。ただの贈り物なんですよね」

「ただの贈り物かどうかを見極めるための検査だよ」

「わかりますけど、自分たち日本人からすると、ややや過ぎな印象なんですけど」

「おかげで良い仕事ができてるだろ？」

国内外にかかわらず、この研究所による分析結果に関しての信用度はピカイチだ。

「それは、まあ、そうですが」

「安全には高い対価が必要だ。日本だけを見ているとなかなか気づけないが、それが世界の標準だ。だよ」

「所長の口癖ですよね。——わかってます」

根っこのところの価値観を変えないと、ここでの仕事は完遂できない。日本は、持っている技術は超一流であるにもかかわらず、使い所がそうではない。

信用という名の油断がある。

遠慮という名の無責任がある。

慎み深さは美徳であるが、見方を変えれば卑怯《ひきょう》でもある。

なにもかもを疑えというわけではないけれど、そんなはずではなかったなどと、後から言い訳をして取り返しがつくものと、つかないものがあるのだから。

日本人の感覚ならば、

「やり過ぎぐらいがちょうどいい。だよ」

「わかってます」

若い研究員は静かに繰り返して、「肝に銘じてます。ちゃんと」

真剣な眼差しで画面をみつめ直す。

なにかが気になるのか、画質を調整し始めた研究員へ改めて声を掛ける。

「納得のゆく解像度になったなら、急いで送りなさい」

「はい。わかりました」

「あ、と、それから、あの方はもう所長ではないよ。引退なさったからな」

「それもわかってます。ですが――」

「無駄口はおしまいだ。作業急げよ。先方はお待ち兼ねだぞ」

「はい。急ぎます！」

ですが、の続きはわかっている。

――皆が皆、口にはせずとも思っている。

13

黒塗りの高級な乗用車、その後部座席へ一歩踏み入れていた島岡を、

「待った！　島岡、ちょっと待て！」

玄関から飛び出してきたギイが止める。

後部座席のドアを開け島岡を迎え入れていた専属のドライバーが、ギョッとしたようにギイ

を見た。

実物を生で見る機会はほとんどないが、それでも、知らないものはモグリとされる、伝説まみれの御曹司。

最新の伝説が『三十を手前にリタイア生活』なのだが、超絶イケメンである以上に、そこにいるだけで問答無用で人の視線を惹く、その強烈な存在感はリタイアしようとしまいと、まったくの衰え知らずだ。

「島岡、お前、タブレット端末持ってたよな」

「いきなりなんですか？　持っていますが」

「少し貸してくれ」

「少しとは、今、ですか？　それとも今日、ですか？」

「そうか、島岡これから仕事なんだよな。そんな長くは借りられないな。じゃあ、今」

「わかりました。でしたらこちらを」

島岡はブリーフケースからタブレット端末を一台取り出すと、「これは私物ですから、お好きに使ってください」

「いいのか？」

「もちろん、悪用は禁止です」

「ありがとう。助かる」

「──確か義一さん、リタイア生活を始められたんですよね？　その勢い、仕事であちこち飛び回っていた頃の〝通常モード〟のような気がするのですが？」

「気のせい、気のせい。じゃあな、島岡」

言って、走るように家の中へ戻ってゆくギイの後ろ姿に、

「……気のせい、ですか？」

島岡はくすりとちいさく笑った。

14

メール、電話、メール、電話、添付の動画チェック、メール、電話。のエンドレス。

リビングで自分のモバイルと託生のケータイと島岡から借りたタブレット端末を同時に駆使して、あちらこちらと連絡を取っている崎義一。

「……目まぐるしいなあ」

託生は感心したように呟いて、特に手伝うこともすることもないのでキッチンに向かった。

冷蔵庫の扉を開けて、「ギイ、なにか飲む？」

訊くと、

「コーヒー淹れて」

誰かとの通話の合間にギイが応える。「——ああ、大丈夫だ。向こうの了解は取りつけたから、もし手紙だとしても開封していい。それで？　他の進捗《しんちょく》状況は？」

託生はキッチンを見回すと、

「淹れてってことは、あったかい方ってことか？」

さて。島岡が既に使ったとはいえほぼ新品のキッチンはどこもかしこもぴかぴかで美しく、しかも、脱いだ靴をいちいち靴箱にしまうという整理整頓のきっちりした島岡は朝食後、まるで使わなかったごとくにきれいに片付けて行ったので、ふたつの方向から『無闇に汚すなよ』と無言の圧力をかけられているような気分になる。

取り敢えず、きれいに使おう。

「よし」

必要なものは、「先ずはやかん？」

やかんを探すのに、最も置いてありそうなシンクの下の扉を開けると、案の定そこにやかんはあったのだが同時に、見てしまった。水道の配管に、なんと浄水器が繋がれている。

この家のキッチンは蛇口をひねるだけで美味しい水が流れてくる。

ということは、コーヒー用の湯を沸かすのに冷蔵庫のミネラルウォーターではなく水道水で充分だということだ。

よし。

と、真横の食器洗い機から音がした。洗い物完了の合図である。

興味に惹かれて扉を開けると、食器洗い機の中には島岡が使ったのであろう食器たち。予想どおりのものがそこにあっただけなのに、ざわりとした。

そうだった。

「……ギイ、島岡さんと、住むのか」

住むというか、島岡は夏休みをここで過ごすだけなのだが、それでも二階には彼の部屋がある。夏の間だけではなく、ずっと、そこに、部屋がある。

ふたりの仲がどうだとか、そういうことを勘ぐったり心配したりしているわけではないのだが、なのにこうして食器洗い機の中の島岡が使った食器を目にしただけで、なぜだか胸の奥がざわりとした。

なんだろう、この感じ。

「悪いな託生！　どこになにがあるかオレも知らないから、探して淹れてくれ。島岡のことだから絶対コーヒーの粉は買ってあるはずだから、どこかにある！」

リビングから声が届く。

キッチンにしゃがんでいた託生は食器洗い機の中にラッキーにもコーヒーサーバーとドリッパーをみつけたので取り出して、

「うん、わかった！」

扉を閉めると、元気に応えて立ち上がった。

託生たちの存在を完全にスルーする体で、てきぱきと自分の分だけの朝食を作って食べて片付けて出勤して行った島岡は、だがコーヒーは淹れていなかったので、これはもしかしたら昨夜使われたものなのかもしれない。

もしかして、託生たちがリビングでいちゃいちゃさえしていなければ、島岡は入室のタイミングをはかる必要もなく、もう少し朝食を用意する時間が長く取れて、そしたら彼は紙パックのオレンジジュースだけでなくコーヒーも淹れて飲めたのだろうか。

そう思うと、申し訳ない気持ちにも、なる。

ともあれ、

「これがあるということは、間違いなくどこかにコーヒーの粉が……」

島岡ならばどこにしまっておくだろうか。

と、予想してみようと試みたが、すぐに諦《あきら》めた。予想できるほど、託生は島岡を詳しくは知らない。さっきのようにギイと軽くいちゃついているときに遭遇してしまうことはたまにあるが、大人な島岡は必ず見て見ぬふりをしてくれるのだが、正直、島岡がギイの恋人である託生のことを本当はどう思っているのかは、まったくわからなかった。

訊いたことなどないし、これからも、多分、訊かない。

「……そんなおっかないこと、できるものか」

万が一にでも否定されたら、葉山さんは義一さんに相応《ふさわ》しくないですね。と、いつもの冷静な口調で淡々と告げられでもしたら、引き下がってしまうかもしれない。

島岡にどう思われているのか。は、ギイの家族に実はどう思われているのかと同等の重さが託生にはある。

それくらい、託生の中で、島岡とギイの関係は大きな比重を占めている。

「おっ！　託生、ちょっとちょっと！」

ギイが大声で託生を呼ぶ。

ぎくりと肩を竦ませて、

「なっ、なに？」

リビングを見ると、ギイは忙《せわ》しなく手招きをして、

「早くっ！　こっち！　来て、すぐに！」

カタコト日本語のギイに噴き出しつつ、

「はいはい、なに？」

二つ返事ながらも急ぎ足で行くと、ギイは託生の腕をぐいと引き、ソファの自分の脇にぴたりと座らせると、

「見ろよ、ほら。ライブだぞ、リアルタイムの映像だぞ」

タブレット端末の画面を向けた。

「――あ」

今まさに徐々に開かれてゆく古めかしいケースの蓋、そしてケースの中にしっとりと横たわる美しいバイオリン。「すごい、きれいなバイオリンだね。あんなに古くてぼろぼろなケースに、こんなにきれいなバイオリンが入ってたんだ」

赤っぽい艶やかなニス、バイオリンの縁には縁に沿ってびっしりと細かな装飾が施され、スクロールだけでなく、ペグにもなにやら装飾が。

「んんー？　表板のふちの、ぎりインラインに細くずらっとはめ込まれてる青いのなんだ？　貝殻？　石？　ガラス？　それともタイルか？」

ギイが言うと、

『分析しますか？』

タブレットから（姿は映っていないのだが）若い男の声がした。

「頼む。それから、封筒（らしき影）どこいった？」

『蓋の内側です。これです』

「封されてるか？」

『されてます。それから、表にも裏にもなにも表記はありません。けど、封のところになにかついてます』

「どれ？　見せて」

映像に白い封筒が映し出され、封筒の表は一面真っ白なのだが裏側に、「へえ、シーリングスタンプじゃん。これはまた、随分とクラシカルな作法だなあ」

感心したようにギイが言う。すると、

『シーリングスタンプってなんですか？』

きょとんとした声が返ってきた。

「日本語だと封蠟印《ふうろう》。着色された蠟を溶かして封をしたい場所に落とし、蠟が柔らかいうちにエンボス印を押し当てて封緘《ふうかん》して、盗み読み防止をするんだよ。でもイマドキのシーリングスタンプは、盗み読み防止というよりは体裁やサインみたいなものだけどな」

『エンボスインってなんですか？』

「この場合の適当な表現だと、浮き彫りにした金属の刻印、かな？　西洋の伝統的には、家紋を元に簡略化されたデザインが使われることがメインで、もしくは芸術家のサインのように自分オリジナルのマークを使って型を作ったりするんだが、日本のものにたとえると、雅号？　じゃなくて、何百年も昔の重要な文書や手紙の最後に、こう、にょろっとしたデザインの判子が押されてたりする、そーゆーのなんていうんだっけ、託生？」

いきなり振られて、託生は驚く。

「や、やめてくれよ。訊かないでくれよ、わかんないよ」

アメリカ人のギイよりも日本の諸々《もろもろ》に詳しくない日本人である託生。——これもまた、高校時代から変わらない。

「思い出した！　花押だ！」

そして、さすがのギイは、やはり自力で思い出す。

『かおう、ですか？』

「書き文字を印章にしたような——、まあいいや。要するに、花押にしろシーリングスタンプにしろ、個人が特定できるマークってことなんだよ。差出人は○○です、ってさ」

言いながら、ギイはふと気がついた。――このシーリングスタンプの構図って、オレ、前にどこかで見てる……？

『ではこれは、このマークみたいなものは簡略化された家紋なんですか？』

「おそらくね。ファッションで押したんじゃないとしたら、家紋だね」

うっすらと、ものすごくうっすらと、過去に見覚えがあるような、……ないような？

『家紋……。どこの家のものなのか、調べてみます』

「へええ、頑張るねえ。どこの国のものなのかもわからないし、これ、相当難度が高いよ？大丈夫？」

『――やってみます』

低く、力強く応えた若者へ、

「じゃあ任せた」

言うと、

『はいっ！』

更に力強い返事がかえってきた。

たとえ結果的にうまく読み解けなかったとしても、家紋関係は調べてゆく過程で得られるものがごまんとある。勉強のひとつとして、悪くない。

――のだが、生憎《あいにく》とはっきり思い出してしまった。それと同じシーリングスタンプを、いつどこで見たのかを。

けれどせっかく将来有望な若者が頑張る気持ちになっているので、水は差さない。

「でもオレもそれ、じっくり見たいから、解像度を上げたアップの写真、こっちに送っといてくれないか」

念のため、自分でもきっちり確認しよう。

『わかりました！』

宛て名も差出人も表記のない封筒。

「では、開封作業に入ってくれ。慎重にな」

『承知しました！　崎所長！』

元気な返事とともに、封筒はどこかへ運ばれて行った。

「——崎所長？」

託生がもっそりギイを見上げると、

「元、所長」

ギイはすかさず訂正する。

「じゃあ、彼の中では現役なんだ」

「どうだかな。習慣だった余波かもよ」

『あー、こほん、えー、こほん、——すみません！　監督不行き届きでして！』

渋いトーンの男の声が、申し訳なさそうに割って入った。

「いいよいいよ小笹室長、オレ引退したばかりだし」

『本当に、申し訳ありません』

「それにしても、ついつい呼んじまうって、習慣ってのはオモシロイよなあ。オレなんて肩書きだけの所長だし、滅多に研究所にもいなかったのにな」

『それはですね、たまにしかいらっしゃらないとしてもインパクトが』

インパクト！

託生は内心大きく頷く。ギイが現れたときのインパクトって、確かに大きい。彼が何者かは知らずとも、その場が洩れなくざわっとして、周囲の気温がばばっと何度か上がったようになって、たくさんの視線が一斉にギイに注がれる。

彼のような人を、存在感の大きい人、と、呼ぶのだろうか。

『それに肩書きだけだなんてとんでもないです。この研究所が多方面から信頼をいただけるようになれたのも――』

「室長、室長、もういい、その話はもういいって。それより、ファイバースコープっていま使える？」

『はい、使えます』

「じゃあファイバースコープでバイオリンの中を映してくんない？」

『どのように映しますか？』

「――託生、製作者名が書かれたラベル、確認したいときってどこを見るんだっけ？」

「え？　と、ラベルは普通、G線側、太い弦側の、えっと、正面から見て向かって左側のf字孔の真下に貼られてるけど」

「サンキュ。——小笹室長、f字孔、っと、バイオリンの表面にアルファベットの小文字のfみたいな形したシンメトリーの細長い孔《あな》があるじゃん？　活字体のfっていうより、よく楽譜に書かれてる強弱記号のフォルテの形の、それの、いま映ってる状態だと上側にある孔から差し入れてみてよ」

『わかりました。——こんな感じでよろしいですか？』

「うん、いい。画像もらえる？」

『いま準備をしています。——画像、切り替わりましたか？』

「切り替わった。ありがとう」

ケースはかなりのオンボロだったが、だからといって中のバイオリンが古いものとは限らない。新品か、もしくはよほど大事に保管されていたのかはわからないが、バイオリンの内側に埃などの汚れはほとんどなかった。まったくもってきれいなものだ。魂柱と力木を除いてどこまでも平らで、ラベルすらない。

「——ないぞ」

ギイが唸《うな》る。

「ないね」

託生が応える。

ラベルが貼られていれば、差し当たっての製作者がわかるのに。たとえそれがラベル詐欺だとしても、手掛かりにはなる。

「……佐智に贈られたものだからなあ、ちゃちなものじゃないはずなんだ……」

ギイはちいさく呟くと、「こうなったら室長、あとでそれ、放射性炭素年代測定器にかけてみて。あと、表面に塗られたニスも成分分析してくれる？　それと、楽器全体をCTスキャンにかけちゃって」

『え？　ですが、CTスキャンはともかくとして、それですとサンプルを採るのに、楽器のどこかを削るなりしないとなりませんが、よろしいんですか？』

「できるっだけ目立たないところをほんの少し削ってくれよ」

『わかりました。やってみます』

「それと、画像を元に戻して、バイオリン、もうちょっとアップにできるか？」

『はい、可能です。——こんな感じで良いですか？』

「お。いいね。サンキュー室長」

ギイはアップになったバイオリンの画像を改めてしげしげと眺め、「なあ託生、これってあれか？　こんなにびっしりあちこちにゴージャスな装飾が施されているということは、鑑賞用の美術品としてのバイオリンってことか？」

と、託生へ訊いた。

「わからないけど、そうなのかも？」

ただこれちょっと、「——ヘリエに似てる……？」

「へりえ？」

「ギイが連れてってくれたクレモナ市庁舎の展示室にあった、ストラディバリウスの」

「ああ。ヘリエね」

ギイはモバイルで検索をかけて、「ほっほーう。なるほどね。確かに似てるな」

ふたつの画像を見比べて、大きく頷いた。

そして更に検索をかけ、

「ふうん、ヘリエって今は博物館に展示されてるんだな。なんか、前と比べてずいぶんとゴージャスで厳重な展示になったものだな」

画面を横から覗き込んだ託生が、

「ホントだ。ちゃんとした博物館の展示品みたいになってる。ということは、あれかなギイ、もうクレモネーゼの生の音、聴かせてもらえないのかな？」

イル・クレモネーゼ。ストラディバリウスの最高傑作と呼ばれているバイオリンのうちのひとつだ。――と書くと、最高傑作なのにひとつじゃないのか、どうして、のひとつだなどと複数を匂わせる表現をするのだと突っ込みをいただきそうなのだが、昨今は、そのように表現されることが多々あるのだ。そこにかなりの矛盾が潜んでいるとしても、そうなのだ。

現実には、ストラディバリウスの最高傑作と呼ばれているのは代表的なＤＡＭの三本だけでなく、イル・クレモネーゼも含め他にも数本あるのだから、言ったもの勝ちとまではいわないが、なにをして最高傑作と呼ばしめるに足るのかは、その折々に、居合わせた人々の価値観が決めるものゆえグレイな表現になるのは致し方ない。

「うーむ。飽くまで画像で見た印象だけど、この感じだと、博物館のケースを開けてきさくに弾いてくれる雰囲気じゃなさそうだぞ」

これまでは、展示ケースから取り出して、音を聴かせてくれていたのだが。

「うん、ぜんぜんそんな雰囲気じゃないね。それこそ、目と鼻の先の近さで生のストラディバリウスが、しかもクレモネーゼが聴ける貴重な機会だったのに、いまは聴けなくなっているとしたら、ものすごく残念だね」

「ってことは託生、もしかしたら滑り込みセーフじゃん？　良かったな、聴けて」

「うん」

それもこれも、旅行に誘ってくれて、行き先のひとつにそこを設定してくれたギイのおかげであるのだが。

ギイは更に検索を続け、

「っと。へえー？　おい託生、ヘリエってコピーも作られて売られてるんだ。こっちは完全に鑑賞用かね。——ほら」

見せられた画像には〝価格応相談〟のヘリエのコピーが一挺。——応相談⁉

応相談って、いくらくらいなんだろう？

「さあ？　デザインだけコピーしてるならそうかもしれないけど」

——駄目だ、ぜんっぜん価格の見当がつかない。

「ふむ。だが腕の良い職人が作ったら、ちゃんとした楽器になるな」

「──うん」

「そうか。だとしたら、やっぱりそっちの専門家が必要か」

ギイは託生のケータイを手に取るとソファから立ち上がって窓辺へ寄り、ぱぱぱぱと数字を入力して電話をかけた。「──もしもし？　崎義一です。ご無沙汰してます」

今の話のどこがどうで『だとしたらやっぱり専門家が必要』なのかはとんと託生には理解できなかったのだが、それとは別に、

「……ギイって、モバイルのアドレス機能使ったことあるのかな？」

託生の素朴な疑問。

崎義一の驚異の記憶力。いったいどれくらいの件数の電話番号やメールアドレス等々が、彼の頭脳には記憶されているのだろうか？

しばらく話してやがて通話を切ったギイは、

「託生、行き先変更だ。大学へは行かない。てか、行くとしても午後にしよう」

と言った。

防犯カメラ云々に関しては、昨夜（それも深夜だ）の今朝だったので、まだ菱川に電話をかけて問い合わせも確認もしていないし訪ねる時間の約束をしているわけでもなかったから、大学へ行く時間が変わってもまったく問題はないし、いつの間にか託生のケータイへ届いていた菱川からのメールには追加情報として、ポロシャツ、優しそう、短髪、とあったのでそのまま

ギイに伝えたら、ギイには微妙な表情をされてしまったが、そんなことより、ケースの中の手紙が開封されたらもっとちゃんとしたことがわかるのは間違いないので、

「うん、わかった」

託生は晴れやかに返事をした。

15

ギイの運転するクルマ（社用車とはいえ決してグレードは低くない！）で向かった先、行き先変更の〝変更先〟がギイの都内の実家と知っていたら、いやぼくは急に急用ができたのでまた後でお会いしましょうとか誤魔化したのに。

と内心、託生がわたわたしているのをお見通しどころか端から想定内だったギイは、有無を言わさず託生の腕をぐいぐいと引いて、

「ただいまー」

と実家に入る。

いつ見ても、何回来ても、託生にとっては緊張から逃れられない恋人の実家。そこに家族は誰もいないとしても、男同士の後ろめたさと凄《すさ》まじい豪邸っぷりに、臆してしまってどうにも

ならない。

「お帰りなさいませ」

ほんわかふっくらした住み込みの家政婦さんがあたたかい笑顔で迎えてくれるものの、

「おじゃお邪魔します」

できればギイの背中に隠れてしまいたいくらいに、居心地はよくない。

「ごめん、帰って来たばかりでなんだけど、すぐ出るよ」

ギイが言うと、

「でしたら急いで飲み物の用意をいたします。なにがよろしいですか？」

と訊いた。

ギイはそれでピンとなり、

「さっき託生に淹れてもらい損ねたんだった！　コーヒー！　熱いやつ！」

「豆の種類はいかがいたしますか？」

「酸味少なめ苦み多めのやつがいい」

「承知いたしました。葉山さんはいかがいたしますか？」

続けて訊かれて、

「や、ぼくは、いいです」

「遠慮するな。絢子《あやこ》さんは託生にも飲み物を用意したいんだから。な、絢子さん？」

「はい。ぜひリクエストなさってください。でないと私、やることがなくてお給金泥棒みたいになってしまいますから」

絢子さんの冗談に、笑っていいのか、わからないながらも、

「で、でしたら、ぼくも、同じのを」

言うと、

「かしこまりました。坊ちゃまのお部屋にお運びしますか？　それとも――」

「天気が良いからテラスにしよう。オレ、部屋に用があるから、託生、先に行ってて」

「――え」

取り残されて、託生は固まる。

いつもにこにことそして立ち入ったことは一切口にしない絢子さんは、

「今日はすがすがしいお天気ですものねえ。風も気持ち良いですよ」

と、託生を庭に面したテラスへと案内した。

だが案内された託生がテラスに着くのと、自分の部屋に寄ってからテラスに来たギイとが、ほぼ同じタイミング。

「……お前、歩くの遅くね？」

笑われつつも、ギイはごく自然に託生に椅子を引いてくれる。

エスコートされると、許可されたキモチになる。

ここには座っていいですよ。と。

ギイはテラスのテーブルへラップトップのパソコンをのせると電源を入れて立ち上げて、パ

ッドに指を下へ下へと移動させ、バイオリンについてのメール、送ってたんだ！」

「やっべ。あった」

と目を瞑《つぶ》った。「あいつ、やっぱりこっちのアドに、
細菌テロその他の危険性も考慮して開封された封筒にはこれっぽっちの問題もなく、中には金色で縁取りされた厚手の白いカードが一枚入っていた。

文面は手書きで『For You（改行）J.Eliasberg』。

ユーが誰のことなのか、井上佐智へと届けられたので素直に佐智へということなのか、明言されていないので確定ではないが、贈り主ははっきりした。

シーリングスタンプを見たときに、ギイの脳裏をよぎった存在。

ジェイコブ・エリアスバーグ。

あのシーリングスタンプにうっすら見覚えがあったのは、かれこれ二十数年の昔になるが、ジェイコブに妹が生まれたときのお披露目パーティーの招待状にエリアスバーグ家のシーリングスタンプが押されていて、あれがそれに限りなく近いデザインだったからである。

贈り主が自分の友人と判明し、それからギイは何度か彼に電話をかけていたものの一向に繋がらず、ギイが常に携帯しているモバイルにはジェイコブからのメールはなくて、さてはもしやと確認したのが実家に置きっ放しだったこちらのパソコンである。

主に仕事で使っていたラップトップ。

何度か訪れたニューヨークで、ギイの地元の友人たちを紹介されたことがあるのだが、そのメンバーにジェイコブ・エリアスバーグはいなかった。なので託生に面識はない。

ギイによれば、

「少し雰囲気が託生に似てる」

のだそうで。だから、「日本に来る前に、ジェイコブの呼び出しには応じた」のだそうだ。

似てる、部分のせいで、あいつには素っ気なくしにくい。

——って、それって、つまり、

「……タイプってこと？」

なのか？

唐突にとんでもないことに気づいてしまった託生は、うっかりギイを凝視する。

「え。なに」

いきなりの凝視に、ギイがたじろぐ。

「つきあってたの？」

「は？　なに？　なんの話だ？」

「だから、その人と、ギイ」

「なんで？　ただの友人だよ。友人のひとり」

「だって、その人だけ特別扱いしたんだよね？　こっちに来る前、呼び出しに応じて、わざわざ会ったんだよね？」

「なんで託生怒ってんの？　そりゃ会ったけど、オレを呼び出したあいつの用件が、実はあのバイオリンのことで、あのときオレがジェイの話を途中で遮ったりしなければ、こんなややこしいことにはなってなかったというか……、なに。もしかして、妬《や》いてんの？」

「妬いてないよ。ばっかじゃないの、ギイ」

「あきらかに妬いてんじゃん」

「妬いてませんー」

「そうやって語尾を伸ばすところが実にアヤシイ」

にやにや笑うギイは、「っとタンマ。ああああどうりでなあ！　さっきから何度もかけてたのにどうりで電話が繋がらないわけだ！　ジェイコブ、虫垂炎で入院だと。しかも、日本で」

あのとき。

バイオリンの話題に過剰に反応し過ぎてしまい下世話な推測でジェイコブの話を途中で遮ったりしなければ、このバイオリンの件はきっと向こうで片がついていたのだろうし、こんなややこしいことにはなっていなかったはずだけれども、正直、それどころではなかったのだ。

すべての仕事の引き継ぎが無事に終わり、一刻も早く日本へ、託生に会いに行きたくてたまらなかった。

――ようやく会える！

託生、託生、練習で鎖骨についたバイオリンの痣に濃く重ねておいた自分の痕跡は、どうなっているのだろうか。どこぞの馬の骨にうちのかわいい託生がちょっかい出されてやしないだろうか。誰とも浮気も、ほだされもせずに、ちゃんとオレを待っててくれているのだろうか。とそんなことばかり考えていた。

友人たちの会話など、耳に入っていたとしても気も漫《そぞ》ろ。

ギイの心はとっくに太平洋を渡ってしまっていたのであった。

「——入院⁉」

「日本の救急車が無料で驚いた。と書いてある」

「なにに？」

「あいつのフェイスブック」

「……やけに急いでた様子だったたって事務の人が言ってたのって、もしかして、具合が悪かった、から？」

「かもな」

ジェイコブとの会話の中で、ギイのストラドの話題と同時に井上佐智の名前が出た。なにゆえにジェイコブが佐智へバイオリンを贈ろうとしているのか未だ詳細は不明だが、繋がりとしては、おそらくそういうことなのだろう。

「託生、後で一緒に見舞いに行こう。病院がわかったら」

誘った途端、

「なんでぼくが？」

託生が瞬時に身構えた。「ギイひとりで行ってくれればいいだろ、ギイの友人なんだから」

「あいつと約束したばっかなんだよ、今度ジェイにも託生を紹介するって」

「――なんで」

「ジェイが、オレの恋人に会いたいって言うからさ」

「どうして」

「そりゃ友人の恋人に興味があるからだろ。オレがどんな子を選んだのかってさ」

「幻滅されるの嫌なんですけど」

「されるわけないだろ、お前、オレの自慢の恋人なんだからな」

　自慢の恋人！

「……あ。そう、なんだ」

　面と向かって〝自慢の恋人〟などとさらりと言い放てるあたり、さすが腐ってもアメリカ人のギイなのだが、果たして自分がその評価に値しているかは謎であっても、言われて悪い気はしない。

「でもまさか、ジェイが来日していたとはな。そんなこと、あのときはぜんぜん言ってなかったのに」

　むしろ日本に（ターゲットは託生だが）来る気まんまんだったのは、その他の友人たちであった。

「よっぽどギイに会いたかったんじゃないの？」

「しつこいなあ。だから、それもこれもあのバイオリンの件だろうって、さっきからちゃんと説明してるだろ」

「そうかなあ？　それだけかなあ？」

「心配性の託生のために補足しておくと、あいつには婚約者がいるから」

「あ。——そうなんだ」

「安心した？」

「べ、別に——」

「安心したくせに」

「してませんー」

「また語尾が伸びましたね、託生くん。ほーらやっぱり妬いてたじゃん」

「ウルサイなあギイ」

照れ隠しに拳《こぶし》でギイの肩を向こうへぐいぐい押し遣ると、ギイの肩越し、視線の先にトレイにコーヒーをのせた絢子さんがにこにこしながら立っていた。

わわわと、だが声を立てずに急いで拳を膝へとしまう。

「お、良い香り」

ギイが絢子さんを振り返る。

「お待たせいたしました」

絢子さんは先に託生へ、次にギイへの順番でふたりの前へコーヒーを置いてから、「葉山さんはいつこちらへ引っ越してきてくださるんですか？　ずっと楽しみにしていますのに」

と言った。

「——え!?　引っ越し、ですか？」

唐突な話題に困惑したように託生がギイを見ると、ギイも意外そうな表情で、

「絢子さん、オレそんな話、したっけか？」

訊き返す。

「いいえ？　ですけれど、もし葉山さんが引っ越してきてくださったなら、さぞお屋敷が賑やかになってとても楽しいかと思いまして」

「それは、そうだが……」

ギイがそろりと託生を見ると。

だめ。むり。だめ。むり。

ふるふる小刻みに首を横に振っている託生の姿に、ギイは、だよなあ、と苦笑する。

「絢子さん、それ、おいおいってことにしよう」

「そうですか？　せっかく坊ちゃまが帰ってらしたのに、ほとんどこちらにいてくださらないので、私たちとしても淋しい限りなんですが」

「ごめん。だよな、ごめん」

「そのうえ新しい別邸に住まわれるくらいでしたら、おふたりとも、いっそこちらにいらしてくださいませんか」

「新しい別邸？　もしかして、島岡からなにか聞いてる？」

「そのうちそちらへ坊ちゃまの部屋の家具を運ぶことになるかもしれないと、お断りの連絡をいただきました」

「根回しか」

「坊ちゃま。海外にいらっしゃるならば仕方がありませんが、せっかく帰ってらしたのに滅多にお屋敷に戻られないのは、こちらになにか非があるのではと私たちとしても苦しい思いでございます」

余計なことも立ち入ったことも差し出がましいことも一切口にしない絢子さんが、意を決したように告げる。

それはギイの胸に深く響いた。

「あー……、ごめん、絢子さんたちのせいじゃないんだけど、……そうだったな、ごめん」

ギイは託生へ振り返ると、「だ、そうだ。だから託生、いますぐとは言わない。ゆくゆくここにオレと一緒に住もう」

「でも……」

「オレだけじゃない。絢子さんの願いを聞いただろ？　みんなそれを望んでる」

ふわりと笑って、ギイは萎縮《いしゅく》したように膝の上にじっと置かれた託生の手を取り、血の気の失せたひんやりとした指先に、そっとキスをした。

16

「……でもやっぱり、いきなりあんなこと言われても、すぐには無理だよ」

胸の前のシートベルトを両手でぎゅっと握りしめ、助手席の託生が俯きがちに窓の外を向いたまま、ぼそりと言う。

「わかってるよ」

そんなことは、とっくの昔に。「ゆくゆくでいいって、ゆくゆくで」

だがそもそもちっともいきなりではない。この話を自分たちは、過去数年にわたって何度も何度もしているのだ。それどころかここ数日も、間接的にそのような話題になっている。

いままでは、とはいえギイは日本にいないことが多かった。海外暮らしが一年のほとんどを占めていた。そんな状況で託生ひとりであの実家で住むことなど、無理だと言われれば、はいそうですねと応えるしかなかったのだ。

遠慮もあるし、心細いと言われれば、それもまさしくそのとおりだった。

けれど。

「これからは、オレ、もうどこにも行かないんだけど？」

いっそ日本に骨を埋める勢いで、託生の元へ戻ってきた。「なあ託生、そのあたり、ちゃんと理解してるかな？」

「……なんとなく」

「なんとなく？」

「うん。……なんとなく」

「なら、いいや」

表現が謙虚な託生なので、ここで断言を望むのは諦める。

下手に触れれば、このカタツムリくんの角は引っ込んだまま出てこなくなる。託生は常に拒否するが、だがそれは必ずしも、本心から望んでいないということではない。

託生がギイと暮らすことに臆するのは、ギイと暮らすことに問題があるのではなくて、それ以外が原因だからだ。

条件さえ整えば、きっと叶《かな》う。

わかっているから、焦らない。

ならいいやとあっけらかんと応えたギイに、窓の外を向いたまま、ホッとしたように託生が肩で息を吐く。

それを視界の端で捉《とら》えつつ、

「託生、ほらあそこ！　見えてきた」

明るい口調で促すと、託生も、

「え、どこ？」

と、前を向く。

東京の実家を後にして、都心郊外の研究所でバイオリンをピックアップしてから、更に郊外の長閑《のどか》な田園風景の中に建つ一軒家へと。

郊外によくある、知る人ぞ知る美味しいパン屋さんか喫茶店と間違われそうなデッキ付きログハウスふうの、目にしただけで木の香りが漂ってきそうなバイオリン工房。

入り口には、厚み一センチほどの木皮が剝がされないままの木っ端の看板に、焼き印で『ウエムラ』の文字。

電気は点《つ》いているものの無人の工房内、からんころんとカウベルの鳴る扉を開け、

「ごめんくださーい、植村《うえむら》さーん、いらっしゃいますかー？」

大きく声を掛けながら入ってゆくギイの後ろから、

「こんにちは、お邪魔します」

遠慮がちに声を掛けつつ託生も入ってゆくと、工房全体から発される乾いた木材の気持ち良い匂いに全身がふわっと包まれた。——とてもリラックスできる、この匂い。

さほど広くはないとはいえ、壁一面に吊《つ》るされているバイオリン。作業台の上や床に落ちている細かな木屑《きくず》、バイオリンを削る特殊な金具、そしてニカワやニスの独特な匂い。

それらを縫って、どこかのジャングルから現れたネイティブのような、年齢不詳のぼさぼさ頭でメガネを（そこのみ文明の香りがする）かけたひょろりっとした色黒の男が、工房の奥か

らぬうっと顔を覗かせて、

「よっ。御曹司、久しぶりだな」

にやりと笑った。

託生は思わずギイを見る。

御曹司！　――ギイのことを面と向かって御曹司呼びする大人はたいてい、ギイへの対応に容赦がない。面白い、方向で。

「今朝方、電話でお願いした件ですが」

ギイがバイオリンケースをやや持ち上げて言うと、

「真ん中の作業台に置いといて」

男は言って、姿を消す。

事前にギイから受けていた説明によると、バイオリン工房『ウエムラ』の主人、植村亨《とおる》は数々の輝かしい戦歴(?)を持つバイオリンハンターであり、その傍らイギリスやドイツの超一流のリペアマンが集まる工房で長年修理修復の腕を磨き、つい最近帰国して、この地に自身の工房を構えたのだそうだ。

植村に預けると楽器が化けるって言われてるほどの腕前なんだよ。

ただし、かなりの自由人（変人）だけどな。

託生は壁に掛けられた、修繕途中のバイオリンたちをぐるりと見回し、植村の評判や経歴からして、

「この中に実はストラドありますって言われても、信じちゃうかも」

こそっとギイに耳打ちする。

「ん？　あるんじゃね？」

簡単に頷くギイに、託生がびびる。

「じょ、冗談のつもりだったんだけど？」

「ストラドどころかデルジェスがあったりしてな」

更にギイが面白そうにひひひと笑う。

「あるか、んなもん！」

突如、会話に割って入ってきた植村は厚手の綿のエプロンをかけ、両手には白い薄布の手袋をはめていた。「ストラドはともかくデルジェスはないね」

「なんだ。ないんだ」

「もうとっくに修理を終えて持ち主に返したわ」

「そっちかよ」

弾《はじ》けるようにギイが笑う。

ということは、ストラドがここに、ある、んだ！

どきどきしながら託生が改めて壁一面のバイオリンを注意深く眺めていると、

「ケース、開けるぞ」

久しぶりの再会であるはずなのにお互いの近況報告もなく、素っ気ないほど速やかに、植村の鑑定が始まった。「へええー。こいつぁー綺麗だ。まるで昨日できあがったばかりの新品みたいだな」

ケースの中のバイオリンに、託生もはっと息を吞む。

画質の粗いライブ映像で見ていてもたいそう美しいバイオリンであったのだが、実際に自分の目で直《じか》に見たそのバイオリンは、名状し難いほどに美しい姿をしていた。

いっそうニスの色が深く、いっそう艶《つや》やかなバイオリン。指板の漆黒の黒檀《こくたん》の、なんと滑らかでなまめかしいことか。それは託生とギイだけでなく、数々の戦歴を持つバイオリンハンターの目をも輝かせるほどである。

「ふううむ。四本ともガット弦。顎当てなし。過去に付けられた形跡すらなし。横板にアラベスク模様、スクロールにも同様のアラベスク模様。ペグには彫りの装飾と、縁のこの象眼細工に使われてる青いのは、——なんだ？」

「偏光顕微鏡で調べた結果、サファイアでした」

「へえ、こいつ、サファイアなのか」

「だそうです。分析のデータ見ますか？」

ポケットからモバイルを取り出そうとしたギイに、

「んなもん見ねーよっ。御曹司じゃあるまいし、ぎざぎざグラフなんか見せられたところで、俺にはからきしわけわかんねーからな。結果だけ教えてくれりゃそれでいいよ」

「報告だけで鵜《う》吞《の》みにしちゃっていいですか？　自分の目で確認しなくていいですか？」

「うるせーなあ。餅《もち》は餅屋っつーだろーが。プロが言うならそれでよし」

「わかりました」

「そうか、サファイアか！　この薄さでこんだけしっかり青の色が出てるって、すげーな。しかも石の背後から光は入んないってのにちゃんと輝きが出てるとか、こりゃすげーよ」

ざっくばらんで雑っぽい口調に反して、植村のバイオリンの扱いは実にしなやかで繊細だった。思わず、その動きに託生の視線は引き込まれてしまう。

「バイオリンの装飾に使うのにはもったいないグレードの石だそうですよ」

「だろうなあ」

ふむふむと頷きつつ、「新品みたいにぴかぴかだが、こりゃあ新品じゃあないな。かなり古い代物とみた。外側のケースはぼろっぼろだが、中身は長年そうとうしっかり保管されてたな。そういう意味でも、こりゃすげーわ」

バイオリンを両手に持ち、あちらこちらと角度を変えて楽器の表面を丁寧に、隅から隅まで観察している植村へ、

「植村さん、先に言っとくけど、それラベルなかったから」

ギイが伝えると、

「ふふんっ」

植村が鼻で笑った。「素人はこれだから」

あからさまな上から目線で返される。

「素人はって、どういう意味？」

尋ねるギイへ、

「ラベルなんて最後の答え合わせに使うようなものだってことだよ。このバイオリン誰が作ったのかなー、ラベル見て、あ、誰々だー。なんて、プロがそんなことするかっつーの」

「へえ？　そういうもん？」

「そういうもん。なんのために何年も何年も、膨大な量のバイオリンを見に世界中を飛び回ってると思ってんだ？　直に見て、触って、持ち上げて、可能なら音を鳴らして、そのひとつひとつの印象や細かなデータの蓄積が、むしろ決め手といっても過言じゃないんだからな」

「――へええ。そういうもん？」

「そういうもんだっつってんだろ！　――なに」

植村の視線が託生に流れた。

「え。……あの」

「なにか質問したそうじゃんか。なに」

植村の圧の強い視線に怯《ひる》みつつも、

「あの、鑑定って、どれくらい時間がかかるものなんですか？」

託生が訊くと、長身の植村はちろりと託生を見下ろして、

「どれくらいかかると思う？」

愉快そうに反対に訊いた。

「えっと。……一週間、くらい？」

「そういうイメージなんだ？」

「世間一般はわかんないですけど、自分としては、なんとなく」

「突き詰めると一分かな」

「一分ですか!?」

「ちんたら時間をかけてたら、他の誰かに掘り出し物を取られちまうかもだろ」

悪戯小僧のように植村がにやにや笑う。

輝かしい戦歴を持つ、バイオリンハンター。

既に名器と鑑定されたものではなく、世界中に埋もれている、価値がないと思われているものの中から名器を探し出すプロフェッショナル。

「いま俺はこいつをじっくり観察しつつ、同時に考察もしているけどな、たいてい第一印象でババッとわかるもんなんだよ」

「ぱっと見でってことですか？」

「熟考より直感や閃《ひらめ》きの方が正解だったってこと、学生時代の試験で一度くらい体験したことあんだろ？」

「はい。あります」

テストで時間が余ったときに、じっくり見返して答えを直したときに限って、書き直す前が正解だったりするのは定石だ。

「あてずっぽうってわけじゃなく、たとえばだ、製作者の個人の癖が出やすいスクロールの幅とかバランスとか、カーブの先のとんがり具合やニスの色合い、f字孔の特徴やバイオリン全体の重さ、――つまり〝軽さ〟な、それから、ネックの角度や指板の長さやその他諸々ひっくるめての全体のバランス等々、決め手となる手掛かりはいくらでもある。それらをぜーんぶ踏まえた上で、そのバイオリンが纏う空気感みたいなものが重要ってことさ」

「……バイオリンが纏う空気感」

その感じ、託生にもわかる。滅多にあることではないけれど、バイオリンを手にしたときにそこに〝風〟を感じることがある。

初めて井上佐智のアマティを預けられたときもそうだった。手の中に、心地よく乾いた風がすっと吹き抜けた感じがした。

そして、ギイのストラディバリウス。――sub rosa。

あれは異国の風なのか、それとも、名器が纏う風なのか。

わからないが、とても不思議で、印象的な、出来事だった。

「なら、そのバイオリンの結論も、もう出てるのか?」

ギイが訊く。

「大方な。だがその前に」

植村はすっと託生に向き直ると、「あんた、バイオリン弾けるんだよな」と言った。

「え？」

「これ、弾いてみろよ」

「え。あの——」

どうして初対面の植村が、託生がバイオリンを弾けると知っているのかに驚きつつも、

「い……いいんですか？」

弾いてはみたい。

そういうものだ。

目の前にバイオリンがあると、それがどんなバイオリンでも、どんな音がするのか鳴らしてみたい欲望にかられる。

「いいから言ってる」

弾いてはみたい。

好奇心もあるけれど、なによりバイオリンそのものが好きだから、かもしれない。

「もしかしたらあんたにも、なにか感じるものがあるかもよ」

なにか感じるもの？　——ぼくに？

そろそろとバイオリンに手を伸ばしかけ、託生はハッと手を引っ込める。

「ああでもかなり古いものかもしれないんですよね。変に扱って壊したりしたら——」

「大丈夫！　そんときゃ俺がばっちり直す」

植村が豪快にかかかと笑った。

17

「僕は僕のアマティで充分満足してるんだよ。なのになんで別のバイオリンを、望みもしないのに使わなきゃならないんだ？　変だよね」

電話の向こうで井上佐智が憤怒《ふんぬ》している。

時差のせいでおかしな時間にかけてしまったからなのか、別の意味でタイミングが悪かったのか、とにかく彼は出だしから大変に不機嫌であった。幼なじみで悪友であるとのギイの説明そのままの、あの超絶口達者なギイを相手にこれでもかの矢継ぎ早攻撃。

「植村さんの鑑定結果を鵜呑みにするならストラドなんだろ？　それでもし評価額が高かったらこっちで支払う贈与税まで高くなっちゃうじゃないか。勝手に贈られて高い贈与税払うの、とっても迷惑なんですけど」

専門家であっても実際にはストラドの音を完璧に判別するのは不可能といわれている。何度聴き比べのブラインドテストを繰り返しても正解率は約半分。理由のひとつとして、バイオリニストに言わせれば、究極のところ、どんな楽器を使っても結局はそのバイオリニストの音になるからだそうだ。楽器による僅差《きんさ》はあっても、出てくるのは本人の音。その僅差を大きいと感じるか些細と感じるかは個人差があるので措いといて、それとは別に、ストラド弾きにはストラドがわかるという不思議な現象も、起きている。

試奏したときの託生の表情。植村の鑑定だけでなく、それがすべてを物語っていた。

ストラド弾きには、ストラドの音がわかるのだ。

「佐智、お前、相変わらず身も蓋もない発言するなー。繊細なルックスしてるけど、ホントに見かけ倒しだよなー。せっかくの天使の容貌が泣くぞ」

「失礼な。僕が誰にどう妄想されてもそれは現実の僕とはまったく関係ないからな。僕は他人の妄想の中じゃなく現実世界に生きてるんだから。税金だって払ってるし、トイレにだって行くんだよ」

「トイレは余計だ」

「うるさい」

「うるさいも余計だ」

「とーにーかーくー、要らない。それ、義一くんが持ってれば？　その持ち主、義一くんの友人なんだろ」

かなり保存状態は良かったとはいえやはりメンテナンスは必要とのことで、バイオリンは植村に預け、その足でジェイコブの見舞いに行こうとしたのだが、入院中のみっともない姿をギイの恋人に見られたくないと泣きつかれたとかで、託生には退院後に引き合わせることにして、ギイは単身でお見舞いに、行き掛けに託生は大学まで送ってもらい、バイオリンの顚末《てんまつ》を（ストラドであるかもしれない云々は割愛し、単に贈り主が無事に判明したことのみ）事務局に伝え、ついでなので少し仕事をしてから、夕飯の買い物をして自分のアパートへ。

託生の住むアパートには来客用の駐車スペースなどないので、ギイは車を新居に置いてから徒歩でやってきた。タイミングとしては、ちょうど夕飯ができあがる頃に。

そして現在、食後のひととき。

「そうだけど、でもな、わざわざ」

「ああそうだ、ならばうちの大学に寄付させてよ。法人に無償提供だとしたら、それなら税金免除じゃない？　学生たちの勉強にもなるし、資料としても優秀なんだろ？」

「ジェイコブはお前に使ってもらいたいんだと！　ちゃんとオレの話を聞け！」

過日、ジェイコブが相続することになった祖母の遺品にバイオリンが一挺あったのだが、大事に保管されていたもののラベルがなくて正体は不明。けれど祖母の遺品におかしなものがあるはずはなく、だがジェイコブには残念ながら音楽方面の素養はなく、そして引き続き眠らせておくのはもったいなくて、どうしたら有効活用できるのかを相談したくて、あの日、ジェイコブはバイオリンの話をギイに持ちかけたのであった。

話途中ではあったのだが、ギイの親しい友人に世界的なバイオリニストがいたことを思い出し、彼に贈ればなにかしら有効活用してもらえるのではないかと（ジェイコブには、あれがストラドかもしれないという認識はまったくなかったので、むしろ軽い気持ちで）行動に移したのだが、ギイによりストラドかもしれないと知ったジェイコブは、ならば返してくれ、ではなく、俄然、サチ・イノウエに弾いてもらいたいと切望した。

それがあの楽器にとっての最高のしあわせだと。

「だったら永久貸与の形を取ってくれよ。もらうのは嫌だね」

頑として譲らない幼なじみに、

「わかった。この話は、一旦保留にする」

ギイが折れる。

「そ。じゃあね」

プッ。

ギイはしばし通話画面をじっと見て、

「……オレ、なにか悪いことしたか?」

茫然《ぼうぜん》と呟いた。

「してないよ」

哀愁漂うギイの広い背中へ、励ますようにそっと声を掛けると、

「託生ィ、なんであんなやつの下で仕事してるんだよォー。いい加減見限って、オレの専属になればいいじゃんかー」

これまた、何度目かの懇願をする。

「なんで、……って」

万年助手と噂され、特に出世することなく、冴えないまんま、このまんま、ずーっと大学で

学生相手の生活をしていていいのかと漠然とした疑問は、目の前に淀《よど》むような暗い影を落とすのだが、だが面と向かってヤメテシマエと言われると、なぜだかきゅっとブレーキがかかる。

積極的に辞めたいのかと訊かれたらそれはそうではないからだ。

学生に相談されたり頼りにされたり、井上門下生の学生たちのコンディションを常に気にかけたり、彼らと井上教授の橋渡しを務めることに、つまらなさを感じたり、飽きたりしたことはまだないのである。

もしかしたら、それなりに楽しいのかも、しれなかった。

派手さはないけど。他人にこれみよがしに自慢できるような仕事でもないけど。

「でもぼくがいなくなったら、困る人がいるかもしれない」

難しい人と距離を取るのが上手だと、菱川さんも誉めてくれたではないか。井上教授が手放さない理由がわかるような気がする、と。

だから、

「クビになるまでは、やろうかなって」

ぼんやりと、思ったりする。

「物好きだなあ」

呆れたようにギイは言い、託生の部屋の託生のベッドにダイブする。「ああ、託生の匂い。すげー落ち着く」

だがそんなふうに思えるのは、いま、目の前にギイがいるからだ。そこにギイがいるだけで託生も落ち着く。淀んで暗く焦る気持ちが、ギイを見ているだけでどこかへ消える。

「今夜もオレ、ここに泊ーまろっと」

託生の枕を胸に抱き、ベッドでごろごろするギイへ、

「せっかく新居ができたのに？　島岡さん、またあの家でひとりで過ごさせるのかい？」

ふと気になって言うと、

「はああ!?　なんだよその島岡さん可哀想設定。あいつが勝手にホテルをキャンセルしてオレに無断であそこに移ったんだぞ？　淋しくても自業自得だ」

「そうかもだけど……」

「じゃあ島岡を、ここに呼ぶ」

「えっ!?　なに言ってんの。無理に決まってるでしょ、ここに三人なんて狭すぎるよ」

「そっか。わかった。託生、オレ帰るよ。島岡が可哀想だから」

ベッドからむくりと起き上がったギイは、

「――え」

ぽかんとする託生の脇を抜け、

「また明日な」

玄関で靴を履く。

「え。ギイ」

今夜は新居でギイと島岡のふたりきり？

想定しただけで、託生の胸が不穏にざわつく。

「夕飯ごちそうさん。じゃな、おやすみ」

ドアを開けて出て行くギイの、気づけば腕を必死に捕まえていた。

驚いた表情でギイが託生を振り返る。

「……ギイ、待って」

「なんだよ」

しようがないやつ。「引き留めるくらいなら、あんなこと言うな」

「ぼくも泊まる。そっちに行く。そしたら島岡さんも淋しくないし、ぼくも――」

言いかけて押し黙った託生へと、

「ぼくもなに？」

ギイが訊く。意地悪く。

ギイを、自分以外の誰かとふたりきりにさせたくない。たとえそれが島岡でも、ふたりきりにはさせたくない。

「なんでもない！　戸締まりするからちょっと待ってて！」

――だがしかし。

行ってみると家には明かりはなく、ダイニングテーブルに島岡からの書き置きが。

『義一さんへ。夏休みまではほんの数日ですが、やはりここから都内へ出勤するのは朝の大渋滞が避けられずけっこうなストレスですので、ホテルに戻ることにしました。後日改めてお邪魔します。追伸。コーヒーの粉は野菜室です』

書き置きをぐいと託生の前へ出し、

「だってさ。――どうする？」

ギイが訊く。

意地悪な眼差しは、そのままで。

島岡はいない。託生がここに泊まる理由もなくなった。託生はこの家に臆している。さあ、どうする？

勢いでここまできたものの島岡不在で気が削《そ》がれ、託生は託生で進退窮まる。内心密かに窮まっていたのに、意地悪くギイに言葉にされて、更に窮まる。

託生の沈黙を柔らかく裂いて、

「オレはさ託生、この家に上がるときにお前にさ、〝お邪魔します〟じゃなくて〝ただいま〟って言わせたいんだよ」

託生を引き寄せ、腕の中へと包み込み、「……わかる？」

囁くように耳元で尋ねる。

「で、でもあそこ、いまのアパート、大学生のときから住んでるんだよ」

「知ってる」

「狭いけど、昼間なら楽器の音を出してもよくて、しかもあの界隈では、かなり安い物件なんだよ」

「知ってる」

「い、一度出てしまったら、いまと同じ条件ではもう借りられないと思うし、そもそも、そのときに、あのアパートに空き部屋があるとは限らないよね」

「かもしれないな」

「それにもし——」

もしふたりの関係が破綻《はたん》したら、自分は住む場所を失って（次の部屋がみつかるまで）文字通り路頭に迷ってしまうではないか。

だから保険を掛けておきたい。教職を取るべきかと真剣に悩む新入生と同じく先々が不安で未知だから、少しでも安心したくて〝帰る場所〟を確保しておきたいのだ。

「そういえばさあ、昨夜の話、都市伝説のブルーローズの」

いきなりギイの口調と話題が変わった。「あの暫定ストラドも青いサファイアに縁取られてたからブルーだけどさ、託生、ホープダイヤモンドって知ってる？」

「……知らない」

「いまはスミソニアンの国立自然史博物館に所蔵されてる世界最大といわれているブルーダイヤでさ、ツタンカーメンの呪いみたいな都市伝説があるんだよ」

「ツタンカーメンの呪いって、関わった人が次々に謎の死を遂げるって、あれ？」

「それ。でもどっちもデマだけどな」

「——デマなんだ」

「信じてた？」

「うん。信じてた」

「ストラドって、Stradivari's Varnish って言葉があるくらい、独特の赤いニスの色が特徴でそれをモチーフにした『レッド・バイオリン』って映画が作られてるくらいなんだけどさ、だから託生が言う都市伝説のブルーローズとはまったく相容れないと思うけど、どのみち全部、奇跡の産物みたいなもんじゃん？」

「……うん」

「万に一つの奇跡でも、でも現に、ちゃんとあるじゃん」

「…………うん」

「オレが託生のこと永遠に好きって、信じてみろよ」

「……………うん」

「おっかない？」

「うん」

「返事、早っ！」

笑ったギイは、「ブルーローズ、青い薔薇って、不可能とか、この世に存在しないという意味じゃん」

「うん」

「でもオレ、お前に本物のブルーローズ、贈ったよ」

「え？　いつ？」

「マンハッタンでの演奏会のあと」

「――え？」

　託生が大学二年の夏、一ヵ月という短期間ではあるのだが成績優秀者のみ参加できるニューヨークの音大との交換留学、最終日のマンハッタンでの演奏会。

　会場の規模こそ小さかったけれど、異国の地、言葉もろくに通じぬ見知らぬ人々に向けて演奏をするなどと生まれて初めてのことで、とてつもなく緊張していた。

「あれ、色は紫っぽかったけど、インクで着色された青薔薇なんかじゃなくて、正真正銘、本物のブルーローズなんだぜ」

　けれど緊張に震えながらもそのときの、自分にとって精一杯の演奏を終えて一礼して、舞台袖《そで》に戻るとそこに、――ギイがいた。

　会いたくて、会いたくて、会いたくてたまらなかった恋人が、賛辞の言葉とともに一輪の薔薇を手渡してくれた。

　突然の再会に、託生は、世界が一瞬にして止まったような気がした。でも世界はちゃんと動いていて、とても大事そうにギイが一輪の薔薇を差し出してくれたのは覚えていたのだが、それがどんな薔薇だったかは、――あまりにギイの存在自体が鮮やか過ぎて、申し訳なくも記憶ははっきりしていない。

「青い薔薇が不可能の代名詞になっているのは、そもそも薔薇の遺伝子に青色が存在しないからなんだよ。存在しなければ生まれようもないだろう？」

だが生まれようがないのに生まれてきた、青い薔薇。

不可能を可能にした研究者たち。

ギイと託生、音信不通が続くなか、幼なじみの悪友が大人たちの目を盗んでこっそりとギイによこした一枚のチケット。

「義一くん。日付を見れば一目瞭然だけど、猶予はもう、あと二週間しかないからね」

成績優秀者のみが参加できるニューヨークの音大との交換留学、最終日の演奏会。人と争うことが苦手な託生が、そこで弾く権利を勝ち取ってニューヨークへやってきた。

「どうしても託生くんに会いたいなら、なんとしてでも間に合わせなよ。カリフォルニアからニューヨークなんて、日本と比べたら目と鼻の先だろ」

力強く背中を押してくれた悪友。

託生の初めてのステージに何百本もの薔薇の花束を贈るつもりでいたギイなのだが、それはイヤだと拒んだ託生。だからあの夜、託生のためにギイが選んだ珠玉の一本。

……なあ託生、わかってる？

「あの薔薇は、何度高い壁にぶつかっても諦めなかったから、生まれた薔薇だ」

「…………」

「オレは託生を諦めない。託生はどうする？」

諦めたくない。

「……諦めない」

「ならば託生、こっちにおいで」

既にギイの腕の中にいるのに、こっちとは、

「どこのこと？」

「引っ越しのこと」

「え!?」

「善は急げっていうからな、明日引っ越し。聞こえますか、オーバー？」

トランシーバーを口に当てるふりをしているギイに、

「ずいぶん強引ですね。オーバー」

託生が返す。

「では日を改めますか、オーバー？」

「改めません。オーバー」

「——よしっ！」

手に入れた。

もう絶対に手放さない。

「く、苦しいよ、ギイ、手加減してください、オーバー」

「わかりました。オーバー」

腕のなかではああと大きく息を吐く託生へ、

「そうだ託生、あの青い薔薇の花言葉、教えてやろうか？」

　ほどよく抱きしめつつ、ギイが訊く。

「って、不可能とかじゃないの？」

「残念でしたー、違いますー」

　生まれるはずのない青い薔薇、人々の熱い想いのなかで生まれてきた、その名も『アプローズ』——喝采《かっさい》。

　花言葉は、

「夢、かなう。だ」

　託生は不思議そうにギイを眺めて、

「夢かなう？」

　繰り返した。

「あのときの、オレの気持ち」

　代弁してくれた、奇跡の青い薔薇。

　ステージの上、目の前に、託生がいる。眩しいほどのスポットライトを浴びて、凛とした表情で、バイオリンを奏でている。

　海を越え、託生がギイを迎えにきた。彼の、すべてで。

「そして、いまのオレの気持ちだよ」

　愛しい恋人へ、心を込めて、キスをする。

出会いから、約四半世紀もかかったけれど。
ようやく手に入れた、奇跡の薔薇。
——オレにとっては託生こそが、ブルーローズだ。

決意のバレンタイン

「寒い寒い寒い寒い寒い寒い寒い寒いっ！」

ガタガタ震えながら小走りでリビングのドアを開けた託生を、

「そんなに寒いわけないだろ。大袈裟《おおげさ》だなあ、託生」

のんびりとした大股《おおまた》で後ろを歩くギイがからかう。

真冬でもたまに短パンと半袖《そで》Tシャツ一枚で暖房かけずに家の中を平気でふらふらしているギイなので、上下パジャマしかも長袖長ズボンならば、当然だが今朝の寒さも楽勝である。

狭いアパートと違って一軒家は広くて寒い。それも、荷物でごちゃっとした狭いアパートとスタイリッシュですっきりした広々一軒家だと、その違いはもう、とんでもなく違う。

託生の実家も一軒家であるのだが、いくら二月とはいえこうまで寒くはなかった気がする。もうずいぶんと長いことじっくり実家で過ごすことはなくなってしまったので、記憶は子どもの頃に限定されてしまうのだが。

「お前なあ、いくら温暖な静岡《しずおか》出身といっても、かれこれ人生の半分以上はよその土地で暮らしてるんだぞ。祠堂にしろ、ここにしろ、冬には雪が降るようなそれなりに寒いところに住んでるってーのに、なーにをいまさら」

呆《あき》れつつもギイは、キッチンのカウンターへと手を伸ばす。

「そうだけど、今朝はやたらと寒いよ、なんでだろ」

「夜の天気が良かったせいじゃないか？」

放射冷却。途中で遮る雲がないと地上の熱は夜の間にどんどん天高く飛んでいってしまう。取り残された地上は朝になる頃には冷えっ冷えだ。

「エ、エアコン、暖房、つけていい？　あ、あれ？　リモコンどこだ？」

展開予想済みのギイの手には既にエアコンのリモコンが。

託生に渡すまでもなく、

「ほらよ」

リモコンの暖房ボタンを押して、元あったキッチンのカウンターへと戻す。

「あ、ありがと、ギイ」

ぴっという受信の軽快な音のあと、ごごごとエアコンが温風を吹き出す準備を始める。だが吹き出すまでは室内の寒さは現状維持。

まだかまだかとじれじれとエアコンを見上げてふるふるしている託生の背中から、

「しょーがねーなー。この寒がりが」

大きく前へ腕を回してぎゅっと託生を抱きしめると、途端に託生の体からふっとこわばりが抜け落ちる。

「……あったかい」

「だろ？　託生くんへ出勤前のサービスな」

本日、託生は出勤日。ギイの予定は、いきあたりばったり。

隠居の身でも、ギイはまったくのんびりしていない。ひとりにしておくと鉄砲玉で、日々どこでなにをしているのか託生には（とてもではないが）まるきり把握しきれない。むしろ託生とふたりで過ごしているときの方がよほどまったりしているくらいだ。

のびのびと隠居生活を謳歌《おうか》しているのか、もしくはギイといえばのお約束で——ギイが呼ぶのか、はたまたギイが呼ばれるのかは定かでないが——例によっていろんな人から持ち込まれる〝頼まれごと〟に奔走しているのかもしれないけれど、ともあれ、ふたりでいてもひとりでいても、ギイは毎日とても楽しそうである。

「そうだ！　託生、忘れないうちに」

出し抜けに、ギイは託生の胸の前に交差させた両手をぱっと広げて、「はい」

空っぽの手のひらを見せた。

「——なに、このポーズ？」

「決まってんじゃん。おねだりのポーズ」

「なんで？　っていうか、こんな朝っぱらから、ぼくはなにをねだられてるんだい？」

まだ寝起きだよ？　朝起きて、ギイの部屋のベッドから徒歩およそ十歩のリビングに移動しただけだよ？　歯磨きどころか顔すら洗ってないんだよ？

「たーくみ。今日はなんの日？」

「二月十四日だから、バレンタイン」

「な？」

「な。って、なに？」

「バレンタインにオレが託生に要求するものといったら、アレしかないだろ？」

「……あれ？」

「げっ。もしかして、忘れたとか？　……忘れたのか？　忘れちまったのか!?　あの大切な思い出も込みで!?」

「だから、なんのことだよ！」

「誰かお願い、オレにひと昔前の託生を返して」

「ひと昔前の託生って……。ちょっとギイ！　今のぼくを全否定する気か!?」

なにげにそれ、ずいぶんとひどい言われようではあるまいか？

とはいえ。ひと昔前？

その頃のバレンタインといえば——。

＊　＊　＊

二月も半ばともなると、すっかり冬の寒さにも慣れ（強がりその壱）、世間の甘く浮かれたバレンタインムードにも慣れた（強がりその弐）。まわりがどんなにバレンタインで色めきたっていても動揺なんかしてないし（強がり上乗せ）、ましてや羨《うらや》ましくなんか、ぜんっっっぜんない（強がり駄目押し）！

どうせ昨日で終わったし。

そこかしこにまだかなりの余波は残っているものの、今年のバレンタインは午前零時をもって終了しました！

「――それで？　葉山くん、結局どうしたんだい？」

託生が師事している須田《すだ》先生宅からのバイオリンレッスンの帰り道、志望校である桜ノ宮坂音楽大学を受験する唯一の仲間であり、気の置けない友人でもある野沢政貴《のざわまさたか》に訊《き》かれた。

片手にバイオリンケース、片手に携帯電話。

「ダメモトで、去年あげたのと同じチョコをエアメールで送ってみた」

託生が応《こた》えると、

「ギイのニューヨークの実家にかい？　ギイ、そこにいるのかい？」

明らかに野沢の声は不審げだ。

託生たちが在籍している祠堂学院高等学校は、人里離れた山奥の閉鎖されたような環境にある私立の全寮制男子校で、冬休みに実家に帰省したのち受験生である三年生のほとんどは三学期には学校に戻らず、実家で受験対策をするのがスタンダードであった。

託生も実家組なのだが、野沢は数少ない、寮生活を続けながらの受験組である。

学校生活に携帯電話を持ち込むこと自体が禁止されている祠堂学院の生徒たち。よって野沢は寮の電話を使い、託生は（現在は学校生活中ではないので）自分の携帯電話で——ギイから渡されていた市販品ではないやけにハイテクなそれではなく、さすがに大学生になるとなれば必要でしょうからと冬休みに入ってから母親が買ってくれたものである。ギイからのあれはあの日のまま、変わらずブラックアウトしたままだ——話しつつ、夕暮れの道を自宅に向かってのんびり歩く。

「どうかなー？　わからない。いるかもしれないし、いないかもしれないけど、他に送り先がないからさ」

もちろん託生にも、実家に送れば確実にギイの手に渡るとの確信があってそうしたわけではないのである。

そうではないが、

「……怪しい荷物と判断されて、家族に廃棄されたりしないかな」

「かもしれないけど——」

棄てられてしまう可能性も考えないではなかったが、けれど、「なんにもしないよりいいかと思って」

なんにもしないよりはいい。

要するに。

そういうことだ。

遅きに失したのかもしれないが、託生はようやく決意した。腹を括《くく》った。いや、ようやく括ることができた。

やってもらうばかりの自分は、きっちり卒業することにしたのだ。

三学年目の半ばにして突然、託生を含め、誰にもなにも告げずに祠堂を退学してしまった崎義一。実は崎は、入学前から卒業まではいられないと決まっていたのだと、託生にだけこっそりとあとで先生が教えてくれたのだが、情報としては理解できても、感情が追いついてゆかなかった。

絶望にも似た喪失感。心細いほどの置き去り感。なんとか納得しようにも、現状を受け入れようにも、やはり意味不明なことだらけで動揺し続けていたのだが、そうしてなす術《すべ》なくいたからこそ逆に、では自分はどうしたいのかを突きつけられた。

それまでの託生は、相手が待ってるからとか、期待していてくれてるからとか、受け取る側の用意が整っていないとそちら側へは行けなかった。それどころか、待たれていても怖《お》じけづくことすらままあったのだ。

けれど——。

いつまでも、甘えてばかりはいられない。それではきっと、本当の意味で、ギイを失う。

相手が待ってるからとか期待していてくれてるからとか、行き先に保証があるなしにかかわらず、むしろ玉砕するかもしれないことでも自分がそうしたいからそうする、という、自分の強い意志で一歩前へ踏み出すべきと、決意したのだ。

「……そうかー」

頷《うなず》いて、「なにもしないより、かあ」

しみじみと野沢が繰り返す。

「──うん」

「それって、バレンタインのチョコってわかるように送ったのかい？」

「自分としてはそのつもりなんだけど、どうかなあ？　味は間違いないけど豪華なチョコってわけじゃないから、むしろ日本のお菓子はこんな感じですよ、みたいな軽い感じだから、家族には伝わらないかも」

どうしたものかと迷ったが、バレンタインのプレゼントだとあからさまにしない方が却《かえ》って良いような気がして、それらしいカードも入れなかった。

「ギイには？」

「伝わると思う」

即座に言い切った託生に、野沢はちいさく息を呑《の》む。

ギイには伝わる。

断言できる強さ。──羨ましいほどの、絆《きずな》の強さ。

「……信じてるんだ、ギイのこと」

「うん」

頷きつつ、急に照れた託生は、「でも、それはそれで不満がられそうなんだけどね」

またこれかよ。もう少し本気のチョコにしろよ。——と、もし目の前にギイがいて直接渡せたならば、間違いなくそう文句をつけられそうな気もするが。

でもいいのだ。あれでいいのだ。

昨年のバレンタイン、ギイが託生に告げたこと。

『——今の三年生みたいに、オレたち、祠堂にいないかもしれないけど、世界中のどこにいても、ちゃんと託生に会いに行くから』

世界中のどこにいても、会いに来てくれるはずだったのに。

けれど昨日、約束のバレンタイン当日、ギイは託生の前へ現れなかった。

なんとなく会えないような予感はしていたし、でももしかしたら来てくれるかもしれないと期待していたのも事実だけれど、約束が果たされなかったことに怒っているかと訊かれたら、そうでもなかった。

ギイの嘘つき、と、責める気持ちも不思議と湧いてこなかった。

あの、連絡がマメで、託生に連絡をつけるためならば取る手段もかなり破天荒なギイが、あれから一度も託生に連絡をして来ないということは、つまりは本人に〝するつもりがない〟ということなのだ。

三年生に上がったときの、いきなりのメガネスタイルで託生や周囲から距離を取ったあのときと同じく、ギイは必要とあればとことん本心を隠して事を起こす。たいていは、——いや、託生の知る限り、いつも、必ず、託生の為に。

だから未《いま》だに連絡がなくても、バレンタインの約束が守られなくても、託生には、うっすらと思うところがあったのだ。

いま託生が置かれているこの現実は、ふたりの関係が破綻《はたん》したからではなく、ふたりの関係を継続させるためにギイが奮闘している結果なのではあるまいか、と。

「楽観的と野沢くんには笑われそうだけど、ギイと連絡が取れないこの状態って、むしろ良いことなんじゃないかと思ってるんだ」

ギイと過ごした時間の中で、いろんな、たくさんの話をした。彼の想いをその都度その都度受け止めて、もちろんちゃんと理解できなかったり、受け止めきれなかったりしたこともあるけれど、突然ギイを失ってからの半年、長いような短いようなこの半年のあいだに、ふたりで過ごした時間を何度も何度も反芻《はんすう》しながら、ようやく少し、理解した。

「まさか——！」

「だってね、ぼくたちの関係がダメになっちゃうっていうか、ぼくがギイにふられるときは、それこそギイは、どんな手段を使ってでもぼくに伝えてくると思うんだよ」

崎義一という男は、なによりそういう、大事なけじめをきっちりさせたい人だから。

オレはオレの道を行く。ごめんな託生、別れてくれ。——ギイは言う。誤魔化さず、逃げずにまっすぐと託生の目を見て。

彼は、そういう人なのだ。

「つまり？　便りがないのが達者な知らせってこと？」

「うん。——だからね、もうさ、なんとしても大学に受かって、例の特待生になって、ニューヨークに行ってギイをびっくりさせるのさ。それで、ぼくに惚《ほ》れ直させてやるのさ絶対に！」

宣言すると、電話の向こうで野沢が笑う。

「すごいなあ。逞《たくま》しいなあ、葉山くん」

「へへへ」

——ギイが好きだ。

『オレは、託生を、愛してます』

半年を経てなお鮮明に、耳に残るギイの告白。

ぼくだってギイを愛しているよ。

だから絶対に諦《あきら》めない。

＊

休憩時間、大学の研究室の住所に届けられたギイ宛の荷物、差出人の名前を見て、研究室仲間数人がわらわらと、ギイと、荷物の入った段ボールとを取り囲んでいた。

彼らの魂胆は実にシンプルである。

年齢的には全員ギイより五つも十も年上なのだが、子どものように目を輝かせ、

「いいなあギイ、あのかわいい妹からバレンタインギフトが届くなんて」

「なんて兄思いの妹なんだー」

「バレンタインは先週終わってますけどね」

「いやいや、そういうことじゃないだろ、違うだろ。要は気持ち。間に合うかどうかは、また別の話」

「それはまあ、そうですけど」

「おやー？　俺たち庶民には名前すらわからない豪華そうなチョコが入っている。当然みんなでシェアするんだよな、な、ギイ？」

「はいはい、どうぞ、いっそ教授に箱ごと差し上げてください。好きに分けてくださいと」

恒例となったやりとりののち、段ボールから取り出した華やかなチョコレートボックスをごそりと渡すと、

「ひゃっほーう。みんな、ゴージャスな糖質と脂質の差し入れだぞー」

彼らは研究室へと飛び込んでゆく。

ひとり残った落ち着いた雰囲気の青年が、

「それにしてもマメだね、エリィ」

感心したように言った。「隔週でなにかしら送ってくるね」

「ですね」

やれやれと溜《た》め息交じりに俯《うつむ》いた整ったギイの横顔に、青年は、やっぱりあのメガネのフレームが邪魔をしているなと、静かに思う。

「そのメガネって、伊達《だて》？」

「——はい？」

唐突な質問に、ギイが不思議そうに振り返る。

「前から気になってたんだけどさ、それ、度が入ってるように見えないからさ」

「ああ、まあ、ですね」

外せばいいのに。視力が良いならメガネなんて要らないだろう？

「顕微鏡、覗《のぞ》くときとかメガネだと邪魔にならない？」

「いえ？　もう慣れましたから」

「じゃあそれ、こだわりのファッションなんだ？」

「——まあ、はい。そんなようなものです」

半ば制服と化している研究室のメンバー全員が着ているこの薄汚れた白衣でさえ、ギイが着ていると様になる。なにを着ても、なにを身につけても様にはなるが、彼はまったくお洒落《しゃれ》をしない。髪の毛も洗いっぱなしのひよこ頭でセットはしないし、指輪や装飾品もいっさい身につけていないのだ。

なのに。

なぜか必要もない伊達メガネ。

外せばいいのに。そうしたら、あの綺麗《きれい》な造形を、もっとストレートに堪能《たんのう》することができるのに。

メガネ越しの理知的な眼差《まなざ》しも確かにセクシーではあるのだが、直《じか》に見る彼の瞳《ひとみ》の色は、どんなだろう。

「俺は男兄弟《きょうだい》だけで姉も妹もいないからわからないんだが、妹ってそういうもの？」

再び唐突に話を戻すと、

「さあ、どうでしょう。うちの場合は、オレと親との取り決めで、教授との約束が果たせないあいだはオレからは誰にもメールも電話も禁止なんで、つまりオレがクレームをつけられないのをいいことに、オレがうるさがるのを承知でわざと送ってきてるんですけど。延々と」

さして引っ掛かることもなく、ギイも話を戻した。

「へえ、そうなんだ。じゃあ隔週の届け物は妹からの嫌がらせか～」

青年が笑う。「これはまた、随分とかわいらしい嫌がらせだなあ。やっぱり妹いいね、欲しいな、今からでも」

「確かにかわいいですけど、——しつこいです」

「まあでもしようがないよな、ギイ、あの教授を、教授との約束を破って二年以上も待たせたんだものな。約束に罪滅ぼしが上乗せされても文句は言えない立場だよな」

なんとか二年待っててください。が、結局、三年近くも待たせてしまった。

極寒のニューヨークと天地ほど違う温暖なカリフォルニア。敷地面積こそ世界最大ではないがここは、知る人ぞ知る新進気鋭で最先端の研究室をいくつも抱えている、現時点で、世界で一番ホットな大学なのだ。

教授陣もスタッフも平均年齢はかなり若い。

「――わかってます」

ギイは研究室の一員として、在校生としてではなく、とある教授の権限でスタッフのひとりとして参加している。

「だったら、ギイの代理で俺からエリィにチョコの礼、伝えておこうか？」

「いや、親父にバレると厄介なので、やめておいてください」

島岡とすら連絡を取らせてもらえない現状で、少しでも姑息《こそく》な動きを起こしたならば、お前は所詮《しょせん》その程度の男なのかと父親から冷ややかにジャッジをされる。

自分で交わした約束ならば最後の最後まで自己責任で完遂しろと、父の言い分はもっともでギイに反論の余地はない。ゴールに向けてただがむしゃらに突っ走るのみだ。

「なんと。ではあの豪華な差し入れもナイショなのか」

「親の目を盗んでまでも兄に嫌がらせをし続ける、実にカワイイ妹なんですよ」

ギイの冗談に青年が笑う。と、ふと、

「それ、そこの、箱の底に見える赤いものはなんだい？」

緩衝材がわりにがんがんに詰め込まれていた新聞紙、その隙間の一点を指さした。

ギイは箱を覗き込み、

「――え？」

と、ちいさく固まった。

＊

セントラルパークの東側、一本道路を挟んでいるものの遠目から見れば公園に隣接するように建っている高層マンション最上階の、崎家のマンション。

高級ホテルのラウンジにもひけをとらない一面ガラス張りのリビングで、眺めの良い景色には目もくれず、絵利子《えりこ》の学校の課題の出来をチェックしながら、

「懲りないなあエリィ。またギイへ、父親に内緒で荷物送っただろ」

流《ながる》が呆れる。

絵利子はぎくりとしながらも、

「……ど、どうして知ってるの？」

小声で訊いた。

「ど、どうして」

低く繰り返した流は、「どうしてバレないと思っているのか、俺としてはむしろそっちが疑問だね」

意地悪く返す。

「……だって」

「このまえ父親から大目玉を食らったばかりだろ。もう送りませんと誓った舌の根も乾かない

うちに、なぜまた送ったんだよ。そのうち叱られるだけじゃ済まなくなるぞ」

「だって！　だって流、ハヤマセンパイからチョコが届いたのよ？　それも、わざわざエアメイルでよ？　なのにパパが、せっかく研究に集中してるのに気が散るから知らせちゃダメだって言うんだもの。あんまりでしょ？　あんまりよね？　だから私が、私からギイにバレンタインのチョコを送ることにしたの。そこにハヤマセンパイからのチョコをこっそりとまぜておいたの。……気がつくかなあ、ギイ」

ほんわりと夢見るように呟《つぶや》いた絵利子へ、

「って。チョコにチョコをまぜたらダメだろ。むしろ気がつけないだろ」

流が突っ込む。

「え。そんなことないよ」

絵利子は満足げに微笑んで、「我ながら、グッジョブと思うの！」

と、胸を張った。

＊

「――これはまた、とてもカジュアルなお菓子だね」

ギイは、気を使って言葉を選んでくれた青年に、

「見た目はカジュアルでも、中味は宇宙イチですよ」

と応えた。

「宇宙イチとは！　それはまた大きく出たなあ。試しにひとつ、もらっていいかい？」

「ダメです」

即答したギイに、

「おや？　あのゴージャスセットはオーケーでもこっちはノー？　二つもあるのに？」

青年が不思議がる。

「何枚であっても答えはノーです。あれは妹からですが、これはオレの恋人からですから」

「おおっと。それは失礼。……恋人いたんだね、ギイ」

——違うか。いないわけが、ないのか。

「そんなこんなでずっと音信不通で、愛想尽かされて振られたかと思ってましたよ」

「ということは、そのチープさは、抗議の意味かい？」

「いいえ」

ギイが笑う。「逆です」

しつこくねだらなければチョコをよこさなかった託生が、どういう経緯かは不明だが、絵利子からの荷物に紛れてバレンタインチョコを届けてくれた。

手紙もメッセージもないけれど、このチョコは、そ、う、い、う、こ、と、だ。

しかも一枚ではなく、二枚。

去年の倍の、託生のキモチだ。

なにも伝えられずの突然の別れだったのに、託生が、ふたりの次へのステップを大きく一歩踏み出してくれたのだ。

あの、託生が。

ギイはメガネに手を当てた。

祠堂で、かけていた伊達メガネ。

いまにも切れそうな細いクモの糸に、けれど必死に縋《すが》るように、まるで願かけのようにずっと外せずにいたけれど、ならばもう、これは必要ない。

むしろ、もう、縋っちゃいけない。

託生は一歩を踏み出した。

ギイは不二家《ふじや》のハートチョコを自分のロッカーへしまうと、伊達メガネを外して奥へ突っ込み、しっかりと鍵《かぎ》を掛け、

「俄然《がぜん》、やる気が出てきました！」

晴れやかに顔を上げた。

一刻も早く結果を出して、公明正大に託生に会う。

それまで待っててくれるか、託生？

目の前の太平洋、飛び越えた先にお前がいる。今年のバレンタイン、どこにいても会いに行くつもりでいたが、今やるべきことをしなければ二度とお前に会えなくなる。

少し遅れることにはなるけれど、必ずバレンタインのチョコを持って、お前のところに帰る

から。

だからもう少しだけ。

もう少しだけ、オレを信じて待っていてくれ。

＊　＊　＊

高校三年生のときなので、かれこれひと昔前のことである。

そののちめでたく再会して、公約どおりに託生はギイからチョコレートも受け取ったが、けれどそれから何年も何年も、笑えてしまうくらいにいつもふたりのタイミングが合わなくて、デートなしチョコレートなしのバレンタインがいっそ通常営業であったから、おかげで、てっきり、そういうものと馴染《なじ》んでいた。

そう、すっかり馴染んでしまっていたのだ。

チョコレートなし。

去年もなかった。

「なんだそれ。せっかく今年はお前といるのに、なのに恋人のオレへのチョコなしかよ。忘れるなよ、バレンタイン」

「だから、忘れてはいないけど」

一カ月以上も前から世間では、バレンタインに向けて激しい商戦が繰り広げられているのだから、いやでも目に付く。

いや、いやでもだ。

「――ホントに欲しいの？　いまさら、あのチョコが？」

バレンタインに恋人へチョコレートをプレゼントする、そのこと自体はまるきりやぶさかではないのだが、ただ単にオレにバレンタインチョコをよこせ、ではなく、ホントのホントに、あのチョコを、なのか？

世界的に有名でも、お菓子音痴な託生には『ソレ誰デスカ？』なショコラティエのチョコレートをねだられるよりはぜんぜん入手可能なのだけれども、それにしても、どう逆立ちしても御曹司で、間違いなくグルメなギイ。一粒千円也《なり》とかの高級トリュフチョコではなく、一枚百円強の駄菓子チョコで、本当の、本当に、いいのだろうか？

「よーこーせっ、よーこーせっ」

――いいらしい。

「わかりました。善処します」

託生は大きく頷いた。

大学帰りに買ってこよう。確認はしてないけれども、この時季ならばきっとどのコンビニにも置いてあるに違いない。不二家のハートチョコレート。

「おっ！　よし。絶対だぞ」

「絶対です」

　ギイはともかく託生に於《お》いては、日常では滅多に、というよりも義務と責任が大きくのしかかる社会人になってからはむしろ絶対に使わなくなった『絶対』を、今回は採用した。

　もしコンビニになかったら、他を探そう。

　なんとしても。

　ギイのために。

「託生はチョコいる？」

　上機嫌のままギイが訊く。

「ううん、いらない」

「言うと思った。お前、どっちかというと辛党だもんな。よーし、じゃあチョコのかわりに、今夜の夕飯はオレが作る。なにが食べたい？」

「なに。――なに？　うーん。急に訊かれても。なにがいいかな」

「肉？　魚？」

「あっ！　ギイ、豆腐！　じゃない、豆乳！　豆乳鍋《なべ》！　すごく美味《おい》しかった！　前に作ってくれたあれ、何年前だっけ？　忘れちゃったけど、前に作ってくれたよね？」

「作った作った。すんげー昔だけど、確かに作った。……そんなに旨《うま》かった？」

「美味しかった！」

「そっかー。なんたってオレ、豆腐関係大好きだからなあ。豆乳鍋にも愛があるぞー」

「では今夜はぜひ豆乳鍋で！」

「かしこまりましたー！」


好きならば、一歩前へ。

あの頃も、今も、同じように。

薔薇の記憶

練習室の空間に響くピアノ伴奏の、最後の和音の余韻を最後の最後まで聴き切ってから、

「……葉山くん、今日はやけに機嫌が良いんだね」

ピアノの鍵盤から手を離し、城縞恭尋がこちらを見上げた。

その低くて静かな城縞の口調に、託生は肩にバイオリンをのせたまま、どう応《こた》えたものか返答に迷う。

というのも、久しぶりの音合わせ練習、一曲目を弾き終えた感想として「今日はやけに機嫌が良いんだね」って、……おかしくないか？

これが出合い頭、顔を合わせた途端に言われたならばどうということはないし、もしくは、音合わせしょっぱなの曲をざっと合わせてみた直後の感想として似たようなニュアンスで定番だと、やはり「今日はやけに調子が良いんだね」である。

もしくは同じセリフでも、

「おう葉山どうした？　今日はやけに機嫌いいじゃん！」

等と明るく言われたならば素直に言葉どおりに受け取れるのだが、申し訳なくも、こんなふうに低く静かに言われると要らぬ勘ぐりをしてしまう。

もしかして、今のは厭味《いやみ》、……だろうか？

疑念が脳裏を掠《かす》めて一瞬身構えてしまったのだが、だが託生には城縞に厭味を言われる理由は皆目見当もつかないし、プラス、城縞は基本的にいつでもどんなときでも静かな物言いをするタイプであるのを思い出し、

「そうかな？　普段と変わらないと思うけど」

と応えてみた。

はぐらかしたわけではなく、自分が感じている事実として。

城縞はにこりともせずに淡々と、

「それにしては音が跳ねてる」

これまた独特な、感覚的な言い回し。

跳ねてるといってもさっき練習した曲のどこにも、ピチカートを指先でぴんぴん弾《はじ》いている部分や、リコシェやスピッカートなどの弦の上で弓をぱぱぱ弾ませてる部分はないので、今日の託生の練習における一曲目の、全体的な演奏の雰囲気のことを指しているのであろう。

ピアノの演奏技術だけでなくセンスも耳も良く、音や音楽に敏感な城縞。彼の感受性はとにかく鋭い。

ということは、もしかして、そうなのか？

——今日ぼくは、やけに機嫌が良いのだろうか？

心あたりがひとつだけ、ある。でも、たったあれだけのことで？　やけに機嫌が良くなるものなのか？

「自分じゃよくわからないけど、そうなんだ？」

訊《き》き返すと、城縞はグランドピアノの譜面台に立てた伴奏用の楽譜を、曲の最初のページへとぺらぺら捲《めく》って戻しながら、

「朝の占いが良かったとか？　……は、ないか。葉山くんはそういうの、気にしないんだったよね」

と静かに言った。

朝の占いって、朝の民放テレビで流れてるあれのことだろうか。

「確かに占いはあまり気にしない方だけど、でも占いがどうとかってそういう話、城縞くんとしたことあったっけ？」

バイオリンとそのピアノ伴奏者として、バイオリン科ソリストコースの葉山託生とピアノ科ソリストコースの城縞恭尋が組んで一緒に練習をするようになってからそこそこ月日は過ぎているが、とはいえふたりは別段それ以外で親しくしているわけではない。連絡を取るとしても練習についてのことだけだし、顔を合わせるのも練習のときくらいだ。

一種独特な雰囲気の城縞はなんとなく近づきがたい存在で、常にひとり、であった。

それは、あまりに彼のピアノが優秀過ぎて近寄りにくいという事実もセットなのだが、なので恐らく託生だけでなく、この音楽大学内で城縞と親しい人間は、もしかしたらひとりもいないのかもしれなかった。

特段親しいわけでもなく、ソリストとして皆が近寄りがたいと感じているようなもの凄《すご》いピ

アノを弾く城縞が伴奏を、しかも平凡極まりない託生なんか（敢えてここは、なんか、と言ってしまおう！）のバイオリンの伴奏を、なにゆえしてくれているのかという不思議に関しては今はちょっと横に置く。

城縞は軽く首を横に振ると、

「僕とはしてない」

短く応えて、「葉山くん、さっきので特に気になる箇所がなければ次の曲に行くかい？　それとも最初からもう一度弾く？」

会話を膨らませることなく淡々と、やるべきことを先へ進める。

ほんの少し雑談という名の横道に逸《そ》れたとしても、すぐに本線に戻ってゆく。諸事万端この調子なのだから、城縞に親しい友人ができないとしても当然の結果であろう。

でも、素っ気ないような、音楽以外にはまったく興味なさそうな、それこそ仲良い友人がひとりもいなくてもまったく意に介していないような、見えないバリアで覆われているかのような城縞の（取り付く島もないと表現した人もいたが）音大生としての姿は、託生には真摯《しんし》に映っているし、ゆえに好感も持っているし、見倣うべきとも思っていた。

「えーと、じゃあ最初からもう一度」

託生は弓を弦に軽く当て、「あれ？　ってことはもしかして、朝の占い気にするのかい、城縞くんて」

いつもは城縞が流れを本線に戻したならばそれにちゃんと乗っかるのだが、会話を膨らませようと狙ったわけでもないのだが、気になったので訊いてみた。

だって、粛々と、自分の道はたゆまぬ努力により自分で切り開く。を体現しているような城縞が、あんなにざっくりとした万人向けの朝の占いを気にしているとしたら、それはそれで興味深い。

見かけによらな過ぎて、とても面白い。

城縞は、

「多少は気になるよ。占いって、暗示みたいじゃないか」

譜面を眺めたまま応えた。

「……暗示？」

そうか、暗示か。

信じるも信じないも各自の自由だが、知ってしまうと信じない主義の人であっても多少気持ちが引っ張られる。

暗示。

そういう側面は確かにある。

飽くまで譜面を見詰めたまま、

「葉山くんがあまり占いを本気にしない理由って、なんだい」

珍しく、城縞が話を掘り下げてきた。

おお。この機を逃してなるものか。

「一番の理由は覚えていられないっていうか、朝食を摂《と》りながらテレビを見てて、へえそうなんだって思っても、たとえばその後、歯を磨いたり出掛ける支度をしたりしてるうちに、どんな内容だったかすっかり忘れて気づけば一日終わってる、からかな。それでたまに朝の占いの内容を寝る前に思い出したりするんだけど、たいていぜんぜん関係ないから」

「つまり、総じて気にしてないんだね。ちゃんと内容を覚える気もないし、気にかけもしないし、気をつけもしないんだ」

「そのあたり追究したことがないからよくわからないけど、うん、城縞くんの言うとおりかもしれない。なんとなく、気にしてないんだと思う」

「そういうところ、良いよね」

城縞が淡々と告げる。「僕はそういう葉山くんの無意識の強さが好きだな」

「——え」

思わずドキリとしてしまったが。

いや。これは、違うだろう。ここは勘ぐらなくても良いだろう。好きって、おそらく、好意じゃなくて好感の方だから。

いけないいけない、ここは山奥の閉ざされた全寮制の男子校ではないのである。大都会の中にある共学の明るくて華やかな音楽大学だ。

でなくとも、そもそも普通はない。大都会に於《お》いてでさえ、同好の士が集まる場所でもない限り、そんなにあちこち転がってはいない。男同士でどうこうなんて。

だいいち、自分を例に挙げたとしても、大好きな男友達はたくさんいるし、尊敬したり、良いところは真似したいなと思う友人や高校時代の先輩や後輩もたくさんいたけれど、どんなに好きでも恋ではない。なにかが違う、恋になるには。

託生の特別は、同性に関してはひとりきりだ。

託生は、ギイがギイだから恋をしたのであって、性別は後からついてきたのだ。男の中からギイを選んだわけじゃない。気づいたら、ギイに恋していただけなのだ。

彼だけだ。他にはいない。

「それもひとつの天賦の才能だね」

城縞が言う。

「え？　あ、なにが？」

とんでもなく天賦の才能に恵まれた人から言われても、ぴんとこない。そして案の定、先のセリフはもちろん恋の告白などではなかった。

うっかり訊き返してしまった託生は、

「ごめん城縞くん、きみの話を聞いてなかったわけじゃないよ。じゃなくて、あまりに意外なセリフだったから」

急いで訂正を付け加えた。

託生にはぜんぜん似合わない、天賦の才能などという単語は。

だが城縞は、託生の謙遜《けんそん》も訂正もひっくるめてどうでも良いようで、立てた楽譜の陰からほんの少し託生に視線を向けると、「僕にもその強さがあったらな。半分とか、せめて十分の一でも」

「羨《うらや》ましいな」

「そんなこと——。城縞くん、充分に強いじゃないか」

周囲の雑音や横槍《よこやり》や、様々な誘惑に晒《さら》されているのにもかかわらず、ひたすらピアノの道を探究している。ひとりで黙々と。

そんなこと、心の弱い人にはできないだろう。

城縞はピアノに向き直るとすっと背筋を伸ばし、

「ごめん葉山くん、雑談でロスし過ぎたね。練習室を借りられる時間は限られてるのに」

鍵盤の上に指を置いた。

いつ始めても大丈夫だよのサイン。

「そうだった！　あと合わせたいのが二曲もあるのに。間に合うかな」

ひやりとする。

大学の施設なれど一時間いくらのレンタルで、しかもその上（数が限られているので仕方がないとはいえ）早い者勝ちの練習室。これもまたひとつの『時は金なり』である。

「このあとに京古野《みやこの》教授の個人レッスンが入ってなければ、どこか空いてる教室のピアノを借りて、延長して葉山くんの練習に付き合えるんだけどね。あんまり時間がなくてごめんね」

申し訳なさそうに城縞が言う。

「いいよいいよ、それはぜんぜん気にしなくていいよ」

そうだった。

託生がレンタルしているのは、練習室だけでなく城縞恭尋というプロのピアニストを目指している優秀な学生の、大学生活における貴重な一時間も、であった。

託生はきゅっと弓を構え直し、

「ではもう一度、曲の頭から、よろしくお願いします！」

スタートの合図を城縞へ送った。

＊　＊　＊

できるできないではなくて、できて当然というレベルの人が何百人も集まっている音楽大学というのは、中にいるだけでひたすら自分の才能のなさが身に沁《し》みる場所でもある。

「あ。なーんだ城縞アンド葉山コンビが使ってたのか、この練習室」

五分前には片付けを始め、次の開始時間までには完全に部屋を明け渡すこと。が鉄則である練習室から、どうにか無事に本日のノルマをこなして廊下に出ようとドアを開けた先に、顔見知りの上級生が立っていた。

フルートのプロを目指すソリストコース、実技のテストで常にぶっちぎりの一番の成績を修めている長谷部架月《はせべかつき》先輩だ。

「ふたりがここを使ってたんなら、もっと早く来れば良かったなあ。練習してるの、見学したかったなあ」

同じぶっちぎりの一番でも、人を寄せ付けない空気を出しまくりの城縞とは正反対の、常にきさくでフレンドリーな長谷部先輩は、たいてい女子の取り巻き何人かを連れている。長身でイケメンで噂によれば父親はどこかの企業の偉い人で、モテないわけがない先輩。

だが今日はひとりである。周囲に女子の影がない。

練習室で練習する時くらいはひとりでやるのが当然だろうと思う人もいるかもしれないが、たとえ練習の時間でもオーディエンスがいた方が集中できて効率が良い、という感覚の持ち主の先輩なのだ。

珍しい場面を見るような託生の視線に気づいてか、

「たまにはね、ひとりで練習することもあるんだよ」

長谷部先輩はけらけらっと笑い、そのやりとりに興味なげにしている城縞へ、「っていうか、この前、伴奏のピアノ科の女子にふられちゃったんだよ。なあ城縞、俺の伴奏、引き受けてくれないかなあ」

「お断りします」

即答した城縞は、「じゃあ葉山くん、また」

託生に挨拶《あいさつ》をして立ち去った。

「つれないなあ。……つれないよな、あいつ」

同情を求めるように長谷部先輩に見下ろされ、

「……ですね」

託生は曖昧《あいまい》に笑って誤魔化す。

「まあじゃあいいか、この際、葉山くんで」

「え？　ええええっ⁉」

長谷部先輩は託生の腕を軽く摑《つか》むと、そのまま練習室に入って行く。

「もし時間あるならちょろっと弾いてよ、この伴奏」

楽譜を差し出されたものの、

「はあ？　なんでそんな無茶をぼくに？　長谷部先輩、ぼくはバイオリン専攻であってピアノは管轄外です」

「そんなことは知ってるよ。プラス、きみが副科でピアノを履修してることも知ってるんだよ葉山くん」

悪びれない長谷部先輩がにやりと笑う。

「それはそうですけど、でもたかが副科ですよ？　ぼくに初見で伴奏弾けるわけないじゃないですか」

「なら、右の高音を単音でいいよ」

「でいいよと言われましても……」

簡単に言うが、それはまったく簡単ではない。

だが恐らく、長谷部先輩には簡単なことなのだ。

副科でピアノを履修しているという部分は同じでも、長谷部先輩の副科のピアノと託生の副科のピアノとでは、悲しいかな腕前に雲泥の差がある。のである。

長谷部先輩だけでなく、副科のピアノのレベルは存外に高い。物心ついた頃からピアノを始め、途中から今の楽器に転向したという学生が比較的多いからだ。

「人助けと思って、今回だけ、な？」

拝まれて、託生は仕方なくピアノの前に座る。

そして譜面台へ譜面を広げて、……溜《た》め息。難しいじゃないか、なんだこれ。

みるみる怖《お》じけづいた託生へ、

「ままま、雰囲気だけで良いから。な、ぜんぜんちゃんと弾かなくていいから」

長谷部先輩が気楽に笑う。

その先輩のフルートのケースに、やけに可愛らしい飾りが付いていた。先輩ってそういう趣味なのか⁉　と、思わず託生の目が留まると、先輩はまたにやりと笑い、

「これは俺のフルートじゃないよ。現在托卵中」

「たくらん？　——ああ！　卵を代理で温める、あれですね？」

「そう、それ。葉山くんは経験ない？　上手な人の楽器を借りて弾くと、いつもの自分の音じ

ゃないやけに良い音が出たりするだろ？」

「あります。あれって、どういう現象なんですか？」

「上手な人の楽器には良い癖が付くっていうからね。その良い癖を、まんま借りるからじゃないかなあ」

「ということは、そのフルートに良い癖を付けてる最中ってことですか？」

「フルートの一年生に、どうしてもって頼まれちゃってね。可愛い後輩に頼まれたら、無下には断れないだろう？」

「でもそのフルートの持ち主、女の子なんですよね？」

「楽器に性別は関係ないだろ？」

「引き受けたのは相手が女の子だったからじゃないんですか？」

「そんなことはないさ。男に頼まれてもたまには引き受けるよ」

「先輩、伴奏の女子にふられた原因って、そのフルートなんじゃないんですか？」

「さあ？　どうかな。別に付き合ってたわけじゃないからね、伴奏を断る理由が俺が他の女子のフルートを托卵しているからだとか、それはさすがにないんじゃない？　女子のフルートを托卵するのだって、これが初めてってわけじゃなし」

女子にモテる男なら、長谷部先輩以外にも託生の周囲にはなぜかどっさりいるので、そこに関しては羨ましいとか特にはないが、

「節操って言葉、そろそろ先輩の辞書に加えた方が良いんじゃないんですか？」

提言してみた。

大きなお世話かもしれないが。

「確かに、要求がきつい自覚はある」

やけに真面目な表情で、先輩が大きく頷《うなず》いた。「ついね、ピアノにあれこれ細かく注文付けちゃうんだな。それでしまいには、だったら自分で弾けばいいでしょ！　って怒鳴られちゃうんだな、これが」

――そうか、そっちか。

なまじ本人が上手だと、伴奏の演奏が細かく細かく気になるものだ。加えて、それでも伴奏者の方がピアノの実力が上ならば揉《も》め事のリスクはやや軽減できるのだが、もし仮に、伴奏者が長谷部先輩の（それも、飽くまで副科の）ピアノに対して多少なりともコンプレックスを密《ひそ》かに抱いていたならば、事は穏便には片付かない。

たとえコンプレックスが伴奏者の思い込みに過ぎなかったとしても、客観的には伴奏者の方がピアノの腕が上だとしても、思い込みというのは恐ろしいもので、残念ながらたいていの場合決裂に至る。

これまでに託生が見聞きした、コンビが解消したケースの何割かはそれが原因であった。

「その点でいくと葉山くんは良いよね。城縞の伴奏だもん、完璧《かんぺき》だよね」

「はい。身に余る光栄と、自覚しております」

宝の持ち腐れとか猫に小判とか豚に真珠とか破れ鍋《わなべ》に綴《と》じ蓋《ぶた》（！）とか、陰でいろいろ囁《ささや》かれているのは知っているが、「でもぼくの伴奏をすることに関しては、城縞くんが師事している京古野教授の指導の一環なので、ぼくにクレームをつけられても困ります」

「クレームなんかつけてないよ。単純に、羨ましいだけさ。しかも城縞、男だし。きっとそういう意味でも揉めないだろうし」

なんだ、やっぱりこれまでに、女性関係で伴奏者と揉めたことがあるんじゃないか。

「もしくは大学院の乙骨《おっこつ》さんみたいに、いっそ京古野教授が俺の伴奏してくれないかなあ」

「大丈夫ですよ、長谷部先輩なら、いくらでも伴奏をしたがるピアノ科の女子がいますから。よりどりみどりですよ」

「いやマジで、女子はもうやめようかな。なんか少し面倒臭くなってきた」

「モテるのが、ですか？」

「揉めるのが、だよ。誰がモテることに辟易《へきえき》するものか」

「……そうですか」

そういうものなのだろうか。

ギイは、彼はモテることをあまり歓迎していない節があった。好意を寄せられるとその都度きっちり返却していた。

それは既に恋人としての葉山託生という存在があったからなのか、いてもいなくてもそうなのかはわからないけれども。

いや、そんなことより、

「練習始めなくていいんですか？　どんどん時間、過ぎちゃってますけど」

訊くと長谷部先輩は大きな溜め息を吐いて、

「せっかく借りたけど今日はもう、練習はいいかなあ。それより葉山くん、時間いっぱい俺と話そう。な、そうしよう」

「伴奏しなくていいのなら、ぼくもそろそろ失礼したいんですけれど」

「だーから、せめてこの時間、俺に付き合ってくれよ。な」

「愚痴に付き合えってことですか？」

「そうとも言う」

「でも先輩、そのフルートに良い癖を付けてあげないとならないんですよね。ぼくと喋《しゃべ》ってるより、そっちを優先した方が良いんじゃないですか？」

「むむ。正論攻撃だな、葉山くん」

「攻撃なんかしてません。っていうか、とんだ甘えん坊ですね、長谷部先輩」

この状態って、今ちょっと寂しいから側にいて話し相手になってくれってことだよね。

「そこが良いって女子には人気なんだけどね」

「面倒臭いですよ、先輩」

「男子には不評なんだな、わかったよ」

あーあと大袈裟《おおげさ》に嘆きつつ、「わかりました。じゃあここまで付き合ってくれた葉山くんにせめてものお礼として、そっちの伴奏弾いてあげようか？」

託生のバイオリンの楽譜を指さした。

「え？　ぼくの、ですか？」

「まだ三十分以上残ってるし、俺はフルート吹く気ないし、ピアノの伴奏ならちょうど気晴らしになるからさ」

ピアノが気晴らしとは。——いつか、一度で良いから言ってみたい！

「本気ですか？」

「本気だよ。今、なにやってんの？」

長谷部先輩は託生の手からすっと楽譜を奪うと、「ふうん、バイオリンの楽譜って謎の記号だらけだねえ」

と笑った。

それは多分、お互い様だ。託生もきっと、フルートの楽譜を見たならば、これって一体どう演奏すればいいのだ？　の部分がたくさんあるに違いない。

「……そういえば葉山くん、それってストラドって本当？」

せっかくなのでお言葉に甘えることにして、ケースからバイオリンを取り出している託生に長谷部先輩がさりげなく訊いた。

「——はい？」

「葉山くんのバイオリンってストラディバリウスなの？」

「いいえ、違いますよ」

「本当に？　誤魔化そうとしてない？」

「してないです。してないですし、どうしてこのバイオリンがストラディバリウスってことになってるのか、ぼくとしてはむしろそっちを知りたいです」

「誰かが噂してたんだよ。言い出しっぺは、知らない」

「言い出しっぺって、それ、少なくともバイオリン専攻の人じゃないです」

楽器に関してはとにかく目敏《めざと》いバイオリン科の人たちには、これがストラディバリウスでないことは言うまでもなくわかっているはずだ。「これは、イタリアのオールドと呼ばれるバイオリンほど古くはないですが、かなり昔の日本の作家が作ったものです。大学に進学する前に師事していたバイオリンの先生から期限付きで貸していただいてるもので、ストラディバリウスではないですけれど、とても良いバイオリンです」

「へええ、なあんだ、そうか。ストラドじゃないのか、つまらないなあ」

永久貸与だと、ギイから文字通りぽんと渡されたストラディバリウス。

あの時ですらストラディバリウスという楽器のとんでもなさを自分なりに理解していたつもりだが、いざ音楽大学に入って、唸《うな》るほどの本数のバイオリンを見聞きし、バイオリンを専攻する人たちと話をする中、ストラディバリウスがどれだけ稀有《けう》で貴重で垂涎《すいぜん》の的のバイオリンであるのか、改めてというか、しみじみと、感じ入った。

「葉山くんの自己申告を疑うわけじゃあないんだけどさ、f字孔の中、覗《のぞ》いていい？」

先輩が訊く。

バイオリンの内側の底面には、製作者の名前が書かれたラベルが貼られている。

「もちろん。いいですよ」

長谷部先輩はG線側のf字孔の狭い隙間から暗いバイオリンの箱の中を、光がうまく当たる位置へと角度を変えて覗き込み、

「うん、ストラディバリウスとは書いてないな」

言いつつも、「中のラベル、別のに貼り替えてるとか――」

しつこく疑う。

「しませんよそんなこと。そもそもそれ、ストラディバリウスの贋作《がんさく》じゃあないんですよ？　れっきとした日本の作家の本物です。なのにラベルを貼り替えるなんて、そんな失礼なことをするわけないじゃないですか」

偽物にストラディバリウスのラベルを貼って、というのはよく耳にする話だが、ストラディバリウスに違うラベルを貼って別のものに偽装する、なんて話、ついぞ聞いたことがない。わざわざダウングレードさせてなんの得になるのだ。

「でも高校生の時に使ってたんじゃなかったの？　正真正銘のストラドをさ」

ちいさい頃から習っていたわりには託生にさほどバイオリンに関する一般常識が育っていなかったせいで、自称〝幻の名器〟のバイオリンがこの世の中にはごまんと存在することを、遅まきながら大学生になって知ったのだった。

この大学にも、千万単位のイタリアのオールドバイオリンを使ってますと自称している学生

が数名いるのだが、絶対値として圧倒的に本数の少ないオールドバイオリンが、いくらここが国内有数の音楽大学であったとしても、フィールドを世界規模に広げたならば所詮《しょせん》は数多《あまた》ある音大のひとつで、バイオリンを持っているのはもちろん音大生だけでなく、単純計算でいってもこの大学に本物がそうそう存在しているとは、つまり自称オールドバイオリンのうち何本が本物なのか、もしかしたら全部がコピーかまたは悪意ある贋作の可能性すらあるというのが、バイオリン界に於ける常識だということを、ようよう知った次第である。

もちろんすべてが本物という可能性がないわけではない。

ないわけではないが、本物か限りなく本物っぽい偽物か、判別するのはとても難しいことである。ということも、同時に学んだのであった。

その点、ギイのストラディバリウスは由緒正しくまたとんでもなく高額の正真正銘のストラディバリウスで、確かにそれはそうなのだが。

「……やけに詳しいですね、長谷部先輩」

なんだなんだ？　話題が話題だけに、警戒してしまうぞ。

「井上教授のニコロ・アマティと、競演したことがあるんだろ？」

「ありますけど……」

「サロンコンサート、だっけ？　井上教授の母君のバースデイパーティーを兼ねた音楽イベントが毎年八月に開かれてたんだろ？　何年か前に知り合いが招かれて、その時にそいつが葉山くんのストラディバリウスを耳にしたって言ってたからさ」

「え。それって、どなたのことですか？」

長谷部先輩と同じフルート繋《つな》がりの誰かだろうか。

「名前を言っても多分葉山くんにはわからないよ。演奏する側じゃなくてオーディエンス、聴く方に招《よ》ばれた客だから」

来賓の方々か。

「あ。はい。わからないです。ぜんぜん」

託生が紹介されたことのある来賓は、ニューヨークのジュリアード音楽院の教授で、たいした腕前でもない託生のバイオリンに向けてですら「素晴らしかったよ」ときさくにリップサービスをしてくれる紳士であった。

要するに、井上佐智主催のサロンコンサートに招かれていたのは国内外のハイレベルな来賓の方々だった、のである。庶民の託生とは一切まったく接点はない。

「なのに井上教授、イベントやめちゃったからなあ。がっかりだよ。俺、演奏者として招ばれるの、密かに狙ってたのに」

「そんなに有名なんですか、佐智さ、じゃない、井上教授のサロンコンサートって」

「一部の事情通の人たちにはね。演奏の出来次第では非常に有力な引き立てが得られるかもしれないから、どこかの国際コンクールで入賞するよりプロとしてスタートを切れる入り口に遥《はる》かに近いとさ」

「……そうなんですか」

（なのに、そのサロンコンサートに二度も招かれて演奏しているのに、このぼくの現状っていったい……？）

大学に〝教授〟として籍を置きながらも海外での演奏活動が多忙過ぎてその肩書きは有名無実であったのだが、託生が進学したタイミングとほぼ同時に井上佐智は、毎週はさすがに無理ではあるが一ヵ月に三回は必ず（不定期なれど）個人レッスンを行うという形で、本格的に教授として門下生を取ることになった。

ただし、人数はほんの数名。

他の教授はきちんと毎週レッスンがあり、レッスンのない日であっても常に大学のどこかにはいらっしゃるのでアドバイスをもらいたい時には時差なく受けることができるのに対して、井上教授の門下生に与えられている特典(？)は『月に三回必ず個人レッスンが受けられる』という、ただ一点のみ。

それでも希望者は多数いて、新入生だけでなく既に他の教授に師事していた在校生ですら、この好機にと井上教授に師事替えしたいと申し込みをしたそうなのだ。

「葉山くんはさ、ソリストコースだろ？　やっぱりプロを目指してるのかい？」

「いえ。……えっと、どうでしょう」

さほど深く考えもせず、差し当たっての感覚でソリストコースを受験した。

そこをさっくりと井上教授に拾われた。

井上教授のレッスンはまったく以《もっ》てたいそう厳しいものなのだが、おかげでさほどの考えも覚悟もなく始まった大学生活だったのに、朝から晩まで音楽づけの毎日を送るうち、際限なくバイオリンや楽曲の奥深さに惹《ひ》かれてゆく自分に気づいた。

　毎日がとても楽しくて充実している。間違いなくそれはそうなのだが、でも果たしてこれがプロを目指すこととイコールなのかと訊かれると、残念ながらそうではないと、冷静に自覚し始めてる自分もいる。

　とにかく託生は平凡なのだ。

　高校時代にはあんなに周囲から浮きまくり、変人扱いされていた託生なのだが、ここには目の前の長谷部先輩を始め、とにかく個性的で強烈で、その上に魅力的な音を奏でる学生が何人もいるのである。それらの人々を圧倒するような傑出した非凡な才能は、託生にはない。

　二度のサロンコンサート出演でも、誰にもスカウトされなかった所以《ゆえん》であろう。

　託生としては、まあ、スカウトされなかった件に関しては、まあ、それは、うん、至極道理であると納得しているのでまあ良いんですけども。

「遠い将来はともかくとして目先の話、なんで今は使ってないんだい、ストラドを？　葉山くんの実技の成績、ストラド使ってたらもっと上がるかもしれないのにな」

　長谷部先輩の冗談は、託生には笑うに笑えない。

　それは、託生が今、最も考えたくない事柄である。

　あのストラディバリウスが恋しくないかと訊かれれば、恋しくないわけないじゃないかと大きな声で叫び出しそうなほどなのだ。

比べちゃいけない。

今のバイオリンにだって素晴らしいところはたくさんある。

比べちゃいけない。

でも、あの音が、感触が、深い響きが、とても恋しい。

sub rosa。

薔薇《ばら》の下で。

……ギイ。

「かもしれませんが！　ないものねだりはしない主義なんです」

託生は長谷部先輩へと、「井上教授のサロンコンサートはなくなりましたけど、そのかわりにサマーキャンプが行われてるの、ご存じですか？」

と訊いた。

「サマーキャンプ？　大学が夏休みに開いてる受験生対象のサマースクールじゃなくて？」

夏の大学は忙しい。サマースクールという名の学生勧誘を兼ねての当大学教授たちによる高校生向け短期特別夏期講習と、それとは別に、早くもＡＯ入試が行われているからだ。そしてサマースクールともＡＯ入試とも関係なく、

「はい、まったくの別ものです。もしかしたら、中には受験生もまざっているかもしれませんが、基本は大学生対象のキャンプですから」

「現役音大生が対象？」

「はい。学校を問わず、あ、音大限定でもなく、井上教授が国内外の音楽家の方たち数名と企画開催しているもので、来賓なしの普通の音楽合宿なのでプロへの近道が開けるかは保証できないんですけど、今年は院の乙骨先輩の発案で、もしかしたらフルート部門も参加者を募るかもしれませんから、良ければ申し込んでみてはいかがですか？」

大学院に所属する乙骨雅彦《まさひこ》の名前が出て、いきなり長谷部先輩の眼差《まなざ》しが鋭くなった。

「——乙骨さん、主催者側にいるのかい？」

人間嫌いが過ぎて滅多に大学には姿を見せないが、乙骨雅彦のフルートは魔性である。そのことを、長谷部先輩はようく知っているのだろう。大学生と大学院生の違いはあれど年齢が近いだけに、ぶっちぎり一番の長谷部先輩にとっても乙骨雅彦のフルートは、恐らく驚異で脅威のはずだ。

「乙骨さんとひとつ屋根の下で練習できるのか。それはかなり興味深いね」

「今回は風光明媚《めいび》な離島での音楽合宿の予定です」

「てか葉山くん」

長谷部先輩はハタと顔を上げ、「なに、乙骨さんとも知り合いだったりするのか？」

「はい。あ、一応。はい」

頷く託生を、長谷部先輩は注意深く上から下まで眺めると、

「高校時代にストラドを使ってて、今は日本のオールド。狭き門の井上教授の門下生で、伴奏者には垂涎の城縞。その上、あの乙骨雅彦とも知り合いって、——葉山くん、きみ、いったい

なにものなんだ⁉」

長谷部先輩の驚愕《きょうがく》の問い掛けはさておき、日本のオールド、という表現に、託生は敏感に反応する。なぜならば、オールドイタリアンと呼ばれるバイオリンは概《おおむ》ね一八〇〇年以前に作られたものを指すのだが、託生の使っているバイオリンは古いといってもそこよりはざっくり百年後に作られたものであり、単に古いという意味でオールド呼びは正しいが、区分けするならばこれはオールドではなくモダンに該当するのである。なので、これはオールドではなくモダンです。と、だが、バイオリン管轄外で目上の長谷部先輩にそんな細かな講釈を垂れるのもいかがなものかと自粛して、

「なにものって、えっと、ご覧のとおりの、成績は常に真ん中の平凡な音大生です。ちなみに長谷部先輩のような御曹司でもない、庶民の息子です」

訊かれたことに応えてみた。

「それにしては、──それにしてはきみ、いろいろと恵まれ過ぎだろ！」

「あー、はい、ですね」

それもこれも、ギイが託生に残してくれた遺産のようなものである。いや、彼は死んでるわけではないので遺産という表現は相応《ふさわ》しくないかもしれないが、すべては彼が残してくれた財産のようなものなので、言葉として、遺産である。

「むむ。俄然《がぜん》きみのことが怪しく見えてきたよ、葉山くん」

「やめてください。ちっとも怪しくなんかないです。というか、きっかけは藁《わら》しべというか」

「〝わらしべ〟ってなに。藁しべ長者？」

「はい。こう、きっかけはひとつだけどそこからこう、芋づる式にこう、いろんなものに繋がったといいますか……」

だって、「ぼくのことを怪しんでますけど長谷部先輩、長谷部先輩とぼくが今ここでふたりきりで話をしていること自体、他の人から見たら充分羨ましがられる状況なんですけど、そのあたり、先輩は自覚なさってますか？」

「ん？　ああ、そうか。そうだな、城縞が葉山くんの伴奏をしていなかったら、俺はきみの存在すら気づかず一度も会話をすることなく大学を卒業してただろうな」

「つまりきっかけは城縞くんですよね？　で、城縞くんが伴奏をすることになったきっかけは京古野教授で、その京古野教授とは高校時代に縁あって知り合ったんですけど、ぼくの高校時代の友人が京古野教授の以前からの知り合いで、だからそういうことがくるくるっと繋がっていての、こう、なんです。ぼくが特別とかそういうのではなくて、です」

「……へえ？」

頷きつつも、「うーむ。そうかもしれないが、なにか釈然としないよなあ」

長谷部先輩はまた託生をじろじろ眺める。

「あのう先輩、そんなこんなで、そろそろ練習室の使用時間、終わりそうなんですけど」

みごとに一音も鳴らさぬまま、退室時間が迫っていた。せっかく練習室を借りたのに、このままでいいのかな。「先輩、せめてスケールとか、吹きますか？」

だが先輩は託生の進言には取り合わず、

「もしかしたら葉山くん、きみにはなるべくして蕘しべ長者になるような、なにか特別なものがあるのかなあ？」

まだ探究を続けている。

「いえ、ないです」

特別なものなど、ひとつもない。

「葉山くんの言うように、きっかけはまあそのとおりだとして、でもいくら知り合いになったからといってそのことと、京古野教授が城縞の伴奏スキルを上げる為に組ませる相手に葉山くんを選んだということには、実はさほど因果関係はないんじゃないかなあ？」

「――え？」

「同じく、井上教授と旧知の仲だからといって、旧知の仲の学生全員が門下生になれたわけじゃあないんだから、やっぱりそこにもさほどの因果関係はない気がするよ」

「そ、そうなんですか？」

そうなのだろうか？

いや、てっきり、いろんな人が不出来な託生に恩情をかけまくってくれたおかげの今日かと思っていたというか、思っている。

「そのバイオリンも、いくら師事していた先生でも、いくら自分の愛弟子《まなでし》でもさ、期限付きであろうとなかろうと誰彼かまわず楽器を貸してくれるわけじゃあないと、思うんだよな。しかもとても良い楽器なんだろ？」

「はい。とても良いバイオリンです」

「俺だって、――そうだよ、俺だって！　練習室でふたりきりで話し込むなら可愛い女の子との方が断然良いに決まっているのに、結局一時間も葉山くんとここでふたりきりで話し込んだことになるわけだよな。わわわ、なんだこれ。気づいたらぞわっとした」

長谷部先輩は左右の二の腕を手のひらで温めるようにごしごしこすると、「うまく言えないけどさ、なにかあるよ、きみ」

「そ、そうでしょうか？」

オカルト的ななにかとか？

いやいやそれは勘弁だ！

「なんだろう、地味にすごいのかもしれないな、葉山くんて」

地味にすごい？

誉められているのか珍しがられているのか面白がられているのかわからないが、長谷部先輩は自分の携帯電話を取り出すと、

「葉山くん、俺と連絡先交換しよう。これを機に仲良くしよう。なんかきみ、とても縁起が良さそうだ」

「――縁起が、ですか？」

そんなことを言われたのは初めてだ。

ゴージャスな薔薇の花束はもらっても飾る場所がないしその後の世話も大変だから、そんなものはいらない。もしどうしてもというならばできるだけ常識の範囲内にしてもらいたい。

という価値観の託生に、

「ほんっと。貢ぎ甲斐《がい》がなくてつまんないなあお前」

常々呆《あき》れ半分のギイなのだが、これなら文句はないだろうと、前回、久しぶりに会ったときに渡されたのがヒヤシンスの水耕栽培セットであった。

球根と容器と育て方の説明書つき。

手間もかからず、とても長く楽しめる。

容器に水と球根をセッティングしたら、ほぼ世話の必要がない。序盤は涼しい日陰に置き、数週間後に芽が出たら日向《ひなた》へ移す。それくらいだ。

だがセッティングはしたもののまったく変化のないままに数週間どころか一カ月を過ぎ、その後も待てど暮らせど芽が出ずに、こんな簡単な作業なのにもかかわらず、もしかして失敗したか？　とひやりとしていた本日の朝、ようやく淡い緑色のぷっくりとしたとんがり帽子のよ

＊　＊　＊

うな芽が、薄茶色い球根のてっぺんからひょっこりちょっぴり顔を覗かせた。

託生は、やった！　とばかりギイに報告すべく喜び勇んでケータイで写真を撮り、メールに添付して送信した。

今頃、世界のどこでなにをしているのかは知らないが、祠堂学院にいたときには、それこそ託生がメールを送った直後に返信をよこすようなレスポンスの早いマメな男であったギイだが現在は、かなり状況は違っていた。

愛情云々《うんぬん》ではなくて、ギイが置かれている状況が、のどかな高校生時代とは大きく異なっているのであった。

そして。託生はといえば、忘れた頃に返信が来るんだろうなあと、のんびり待つのにもすっかり慣れた。

突然の別れがあり、

「逞《たく》しくなったなあ、託生」

再会の第一声。

眩《まぶ》しげに目を細めたギイ。

それだけで、それまでのすべての努力が報われた気がした。

たとえ離れ離れでいても、ちゃんと気持ちは繋がっていたと、託生は確信できたのだ。

あれから、高校生だった頃と同じように、ではなく、恋心はそのままに、託生とギイはそれぞれの道を歩いている。

せっかく自分の足でそこそこ上手に立てるようになったのに、ここでまたギイに頼っては、せっかくの努力が水の泡になってしまうから。だからストラディバリウスも、今もまだ託生の手にはないのである。

ヒヤシンス。ようやく芽が出たのは確かに嬉《うれ》しいことなのだが、第三者に機嫌が良いと指摘されるほどの盛り上がりは正直、託生の中にはない。

と、思うのだが。

現に城縞にそう指摘されてしまったのだから、託生はやはり、託生が自覚している以上にギイのことが好きなのだ。

まさしく、「自分じゃよくわからないけど、そうなんだ?」である。

午後の講義に向かう途中、ふと、託生のケータイにメール着信の知らせがあった。

「あれ、ギイからだ」

その日のうちに返信が届くとは。珍しく、なんて早いレスポンス。

開くとそこに、こんな一文。

『寿!　托卵成功』

「……はい?」

なんで寿?　祝ならまだしも。

「なんだこれ」

どういう意味だ?

しかも托卵成功って、カッコウや長谷部先輩のフルートじゃあるまいし、球根から芽が出たことのいったいどこがどう托卵成功なのだろう？　確かに、まるで預かった卵を孵化《ふか》させるように、ヒヤシンスの芽がいつ出るかいつ出るかとぼくは世話をしながら見守り続けていたけれども。確かに、あの球根はギイからもらったものだけれども。球根を見るたびに、ぼくはギイを思い出していたけれども。

とはいえ、

「相変わらずわけのわからない男だなあ……」

いつまで経っても、天才レベルの頭の良い人の考えることは理解できない。

でも、返信の早さと意味不明なれど嬉しそうな文面に、託生はかなりしあわせな気分になった。

ギイも喜んでる。

ぼくも、嬉しい。

きみを知るほど

バイオリン工房『ウエムラ』から、無事にメンテナンスを終えたバイオリン（なんと未発見のストラディバリウスで、青い宝石に縁取られた美しい姿と新しいストラドの発見は困難を極めるものなので両方の意味合いから仮の名前は『BLUE ROSE』である）を受け取って、その帰り、上着の内ポケットに入れておいた託生のケータイに着信した。

ついでながら、植村の腕の良さは評判どおりで、ほんの数日預けただけだがメンテナンスは完璧《かんぺき》な仕上がりであった。

助手席からの僅《わず》かなバイブレーションの音なのに、運転席のギイはそれまでの談笑をスッと引き取り、

「託生、電話？　メール？」

助手席に座っている託生をチラリとも見ずに訊《き》いた。――運転中は常にきっちりと前方に注意を向けている崎義一。たとえ恋人が助手席にいようとも、赤信号で停まっているとき以外は常に前だけを見ている安全重視の御曹司である。運転中でもいちゃいちゃと見詰めあっていたい恋人同士も世の中にはいるであろうが、託生としては、運転中は滅多に自分を見ないギイに、つまりは、単に技術が優れているだけでなく同乗している恋人の託生の安全を常に重要視してくれているギイの運転に、安心もするし、感謝もしていた。

確認を促され、内ポケットからケータイを取り出した託生は、

「電話だ。――ササキ不動産から」

と、伝えた。

瞬時に湧いたもやっとした感情を声には乗せないようにしたはずなのに、

「またか」

呆《あき》れたようにギイが言う。託生の心の内を代弁してくれたかのように。

ギイとの会話の途中でも必要な電話なら出ていいし、必要なメールなら、気にせず確認するように。との、促しであったのだが。

「託生、話さなくても内容はわかってるんだから、そのまま留守録にしておけよ」

ギイの差し出口に、

「うん」

差し出口なれど、託生は素直に頷《うなず》いた。

託生のケータイは、バイブレーション設定にしておくと（通話に出なければ）自動的に留守録の設定へとスライドする。

「本当に数時間置きにかかってくるんだな」

引き続きのギイの呆れ声。「さすがに催促し過ぎなんじゃないか？　ササキ不動産」

『葉山さま。その後いかがですか？　退出の日はお決まりになりましたか？』

口調こそ愛想は良いが、毎日どころか一日に何度も、退出の日は決まりましたか？　の電話

がかかってくるようになってしまった。

「……うん」

だがこれに関してはやや自業自得な託生としては、曖昧《あいまい》な返事となってしまう。

というのも、そもそもが、アパートから新居への引っ越しくらい自分だけでできるよと、一人暮らしでたいして荷物の量も多くないし、わざわざギイの手を煩わせるほどのことではないと、その場で引っ越し業者の手配をしようとしたギイをぱしっと止めたのは託生なのである。

だがしかし。

「――なあ」

「言わないでギイ」

咄嗟《とっさ》に拒んだ託生へ、

「言わせろよ託生」

ギイはちいさく笑って、「たかが一人暮らしの荷物とはいえ、一人暮らしも十年以上なんだから、それなりの量になるのは当然だろう？」

ついに、読みの甘さをずばりと言語化されてしまった。

そうなのだ。

「……ですよね」

託生は心から同意する。

ギイに啖呵《たんか》を切ったあと、引っ越しの準備を始めたところ。

たかが一人暮らし、だけでなく、性格的にも物に執着するタイプではないし、そんなに部屋に荷物は多くないと感じていたのにいざ蓋《ふた》を開けてみたら（ギイがあれこれ持ち込んだ分を抜いたとしても）、どこにこんなに？　と驚くくらいの量であった。

十年以上の一人暮らし、げに侮り難し。

たいして荷物はないから段ボール十箱もあれば充分だし、仕事をしながらでも一週間もかからないよ。楽勝楽勝。——なんて、ぜんたいどの口が言ったのだろう。

この口だよ。

恥ずかしい。

「箪笥《たんす》や冷蔵庫とか大型の家具家電は抜きにして、引っ越しの荷物くらい自分ひとりで運べます。って、強気で突っぱねるのはともかくさあ、なんでひとりでも楽勝と推測したのかねえ、託生？」

「……ごめん。楽勝なんて大口叩《たた》いて」

「いや、大口叩いたってほどでもないし、そもそも託生が謝るようなことじゃないよ」

さっぱりと否定したギイは、「隙をみて毎日ぼちぼち自力で荷物を運ぶから。っていう託生の説明に、オレは納得していたぜ」

なにせ必要最低限の荷物は既に新居へ運び終え、寝起きも共に新居で、なので、ギイとしては正直まったく不満はない。

「……うん」

「だが不測の事態ってのは、起きるときは起きるものだからな」

「…………うん」

「だから、託生にはまったく非はないんだから、そこは気にすることはないさ」

——そこは。

そう、そこは。である。

「慰めてくれてありがとう、ギイ。でもぼくの読みは完全に甘かったよ」

誰に指摘されずとも、託生は日々後悔していた。

そう。前出に重ねての〝読みの甘さ〟だ。

託生の借りているアパートが音大に徒歩で楽々と通える距離にあり、昼間であれば何時間でも楽器の音を出していても大丈夫で、しかもかなりお安い金額の賃貸物件であることは承知していたのだが、だからずっと借り続けていたのだが、残念ながら託生はその意味するところをまったく理解していなかった。

好物件であるおかげで、契約書にはアパートの退出の申し出は二カ月前までにとなっているのに、取扱先のササキ不動産に打診したところ、ぜんぜん気にしなくていいですよ、二カ月を待たずにいつ出られてもオーケーですよ、と快諾をいただき。だがつまりそれは、ここが、人気物件ならではの〝順番待ち〟が発生している物件だということで。

退出の意向を申し出た翌日から、

「毎日どころか、一日に何度も、退出の日は決まりましたか？　の電話が矢のようにかかってくるとは想像もしてなかったよ……」

ケータイの画面にはササキ不動産の代表電話の番号が表示されるが、かかってくるたびに声が違うので、おそらく同じササキ不動産ではあるが、何人ものスタッフがてんでバラバラにかけてきているのだ。

二ヵ月を待たずにいつ出られてもオーケーですよ。と言われたけれども、託生の権利としては、部屋を引き払うまでに最大二ヵ月の猶予があるということである。

二ヵ月あれば、どう転んでも楽勝であろう。

だがしかし。

自社で預かる物件の退出予定者としての託生の連絡先（ケータイ番号）はスタッフ間で共有されているのだろうが、まだ具体的な日にちは決まっていません、決まりましたらこちらから連絡します。の情報はまったく共有されていないらしい。だから電話攻撃は控えてくださいというメッセージを託生としては伝えたかったのだが、伝えたはずだったのだが、そしてそこをぜひとも共有していただきたかったのだが、残念なことに伝わっていなかったし、というか、伝わっていたかもしれないが、おそらくスルーされているのだ。

まだ日にちが決まっていないからこそ、その情報は共有されているがゆえに、先を争うように電話をかけてきているのだ。自社の誰よりも先に託生の退出日を知りたくて。そして自分の顧客に最優先で賃貸の案内をするのであろう。

同じササキ不動産の中での熾烈《しれつ》な争いとでもいおうか。

おかげでわかったことがひとつある。

「不動産屋って、個人プレーなんだね」

同じ店舗で仕事をしていても、チームプレーではなく、個人個人がそれぞれの顧客に物件を斡旋《あっせん》しているのだな。

だから電話に出るたびに、毎度毎度、前にも別の方にお伝えしましたが、退出の日が決まりましたらこちらから連絡いたします。を、繰り返さざるを得ないのだ。

だがしかし。

「電話がかかってくるたびに、早く出て行けと暗に急《せ》かされているようで、なんか、どんどん憂鬱《ゆううつ》になってきちゃって……」

ようやく仕組みは理解しつつあるのだが、きちんと家賃を払っているのに、徐々に『アパートを借り続けていることが悪いこと』のような気分になってきて、……つらい。

これで荷物をほとんど運び終えていたならばそこまでつらく感じることはないのだろうが、仕事しながらでも楽勝と読み間違えてしまったばかりに、ひたひたと託生は追い詰められていたのである。

「まあな、あっちはあっちで、懸命に仕事してるだけだけどな」

「いくら世間に疎いぼくでも、わかってるよ、そこは」

ササキ不動産スタッフの、愛想の良い口調なれどどうしても滲《にじ》み出てしまう必死さに、託生だとて気づいていないわけではない。仕事熱心といえばそのとおりだし、ただ、じわじわと、迫りくる圧に耐えられなくなってきているのだ。

二ヵ月の猶予の中で、自分のペースで引っ越し作業を進めるつもりでいたのに。ひとつも悪いことはしていないのに。部屋を明け渡す日がなかなか決まらないことで、ササキ不動産のスタッフに迷惑をかけているような気分へと、(託生が勝手に）徐々に追い詰められていたのであった。

だったら呑気《のんき》にバイオリンを受け取りに行ってないで今このときも引っ越しの準備をしたらどうだとの突っ込みもあるであろうが、植村にメンテナンスを仲介してくれたのはギイだけれども、そもそも、大学側からバイオリンを託されているのは託生である。

つまり、こう見えて、現在託生は仕事中なのであった。

「だからさ、素直にオレの提案に乗っかって、あの翌日に、オレが手配する予定だった業者を使ってぱぱっと引っ越せば良かったんだよ。だろう？」

「そうだけど……」

頷《うなず》きつつも、「でも、そこまでギイに甘えるわけにはいかないし」

「いつも言ってるけどな、託生。——甘えろよ」

託生はオレの恋人としての自覚がまったく足りない。と、これまたいつものクレームが繰り出される前に、

「違うよ？　ギイに甘えたくないわけじゃないよ？」

そうではないのだ。恋人に甘えたくないわけではないのだ。「でもやっぱり、自分でできる

ことは自力でやりたいというか、やるべきというか、なんでもかんでも甘えるような自分になりたくないというか、安易に甘えたくないというか、甘えるのに慣れたくないというか……」

「はいはい」

ギイが思わず噴き出した。

託生はギイのことを、とてもバランス感覚の優れた人とたまに誉めてくれるのだが、ギイからしても、託生は、ギイとの恋人関係を続けていくための良好な距離感を常に模索してくれているように、映っていた。

自立すべきところは甘えずにちゃんと自立していたい。

ギイのために努力し続けてくれる託生も好きなので、いや、大好きなので、ギイとても、安易に強引な手には出ないのである。

「だったら、ササキ不動産の電話攻撃は甘んじて受けるしかないな」

「わかってる」

「……引っ越し代金、貸してやろうか？」

「そっ！　それは、……そうか、その手があったか」

最終的に自力で引っ越しをすることにした理由のひとつが、引っ越しを業者に依頼するとけっこうな金額がかかると知ったからだ。アパートの部屋代を日割りで払っても、自力で済ませた方が断然、お金のかかりは少ない。

「ギイローンで返してくれればいいからさ」

「……そのローン、利子、どれくらい？」

「んー？　商売じゃないから利子はナシで」

「き、期限は……？」

「それは、引っ越しにかかった金額と、託生が月々に返す金額によるんじゃないか？」

「あ。そうか」

託生は、ぼく次第なのか、と、呟《つぶや》いてから、「助かるけどでも今の時期って、引っ越しってすぐに頼めるものなのかな」

「じゃあこうしよう。すぐに動ける腕が良くて仕事が丁寧で価格設定も良心的な引っ越し業者をオレが探して託生に紹介するから、で、ひとまずオレが引っ越し代金を立て替えて、託生は引っ越しを済ませて、アパートの部屋を明け渡して、晴れて新居で一緒に暮らそう。――オーケィ？」

――すぐに動ける腕が良くて仕事が丁寧で価格設定も良心的な引っ越し業者をギイが紹介してくれて、ひとまずギイが引っ越し代金を立て替えてくれて、きっちりと引っ越しを済ませて、アパートの部屋を明け渡し、晴れて新居で、ギイと暮らす。――オーケィ？

託生はちいさく息を吸い、

「オーケーです」

そっと答える。

「では早速」

言うと、ギイはハンドルに埋め込まれたボタンを、視線は落とさずピッと押して、「もしもし島岡？　訊《き》きたいことがあるんだけどさ」

スピーカーから流れてくる島岡の声と、算段を立て始めた。


「へええ、そんなことがあったんだ」

年齢不詳の麗しきクラシック界の貴公子が愉快そうに相槌《あいづち》を打つ。「相変わらず変なところが変に面倒臭いね、託生くん」

今はプライベートな時間なので『葉山くん』ではなく昔ながらの『託生くん』呼びをする、井上教授こと井上佐智。

さきほどフランスから帰国して、マネージャーの大木のクルマで空港からまっすぐギイと託生の新居へと。仕事が溜《た》まっているのでと、大木は玄関先での挨拶《あいさつ》のみで都心へ戻ってしまったが、佐智の手土産の（買い物をする時間がなかったから出発する空港の免税店で適当に買ってきたという）シャンパンにギイは大喜びであった。託生にはついていけない世界なのだが、シャンパーニュ地方のナントカというワイナリーの何年か前の限定品で、免税店の店員は間違いなく佐智のファンで、取って置きを佐智に薦めたのだとギイは断言した。値段もそれなりだが、売る客を、店が選んでいたに違いないと。

店が客を選ぶというと聞こえは悪いが、文化としては重要なことである。フランスではそういうことをしそうだなと、そこは託生も同意する部分であった。——いろんな意味で美意識の高い国なので。

ギイと託生と井上佐智。社会的な立場には（ついでに才能とルックスも）天と地ほどの違いがあるが、学年としては横並びの三人である。

「え。め。めんどうくさい、ですか？　ぼくは？」

軽く動揺した託生に、

「あれ？　無自覚？」

佐智こそ意外そうに目を見開く。

「託生のは面倒臭いんじゃなくてめちゃくちゃ律義なんだよ、わかってないなあ佐智」

突っ込みのふりをしたギイの惚気《のろけ》に、

「そもそも否定してないよ。僕はね、そういう部分も含めて、ずーっと前から託生くんを買ってるんだからね」

「それだ」

ギイは膝《ひざ》をぱんと叩《たた》くとリビングのソファセット、佐智との距離をぐいと詰め、「いい機会だから話をしよう。佐智、そろそろ託生を手放せよ」

「どうして？」

「薄給でこき使ってるんだろう？」

「薄給ではないよ」

「はあ？　薄給なんだろ託生？　でなきゃ引っ越しの代金くらい――」

「薄給なわけないだろ。失礼だな義一くん。僕が直々に、大木さんに次ぐスタッフとして託生くんを雇ってるんだよ？」

「あれ？　あれれれ？」

ギイは隣に座る託生を振り返り、「薄給じゃないのか、託生？」

不安そうに訊く。

「ごめん、ギイ、薄給では、ない」

「なのにお前、常に金欠なのか？　なんで？」

「なんでと訊かれたら、それはですね」

託生は、リビングの壁際の、デザインはシンプルながらも木目を活《い》かしたシックなチェストの上へ（もちろん、ギイが選んだハイクラスの家具のひとつである）横向きに置かれた、戻ってきたばかりのケースに入った『BLUE ROSE』をチラリと見てから、「大学のときに購入したバイオリンのローンを、未《いま》だに払い続けているからです」

と、応えた。

「なんで？」

「――なんで？　なんでって、なんで訊き返すのさ。決まってるだろ、ローンで買ったからだよ、バイオリンを。ギイのストラドの足元には遥《はる》かに及ばないけれど、ぼくとしては気に入った音のバイオリンをようやくみつけたから買ったんだよ、大学のときに。いつまでも恩師の須田先生のバイオリンを借りてはいられなかったから」

「じゃあかれこれ十年くらい、ローンを払い続けてるのか？」

「……そうなるね」

「かなり高い金額のバイオリンなのか？」

「そんなに高くはないけど、月々の支払いを無理のない金額に設定したら、二十年ローンになったんだよ。だから、ぼくはまだ払い続けているんだよ」

「なるほど。──そういうことか」

「でも別に、ぼくが特殊なわけじゃないからね？　普通は、それなりの楽器を買ったら、けっこうなローンを組むことになるんだよ？　ギイみたいに、みんながみんな、ほいほいストラドが向こうからやってくるわけじゃないからね」

「ほいほいって、お前、その言い方」

横目で睨《にら》むギイへ、

「だから、借金してまで引っ越し業者を頼む発想はぼくにはなかったんだよ。ギイがああ言ってくれたから、だから、ありがたいなって。助かるなって。それならお願いしようかなって思えたんだよ」

「……託生」

文句を言っていたはずがいつの間にやら惚気になっている。──万年新婚カップルのようなふたりの新居にお邪魔したら、この展開は想定内か。

……いいな。

帰国のタイミングで恋人と必ず会えるとは限らない。今回は特に、急に帰国が決まったし、三日後には出国している。それでも、自宅の留守電にメッセージは残しておいた。彼の特殊な仕事柄、どこのものであれサーバーを経由したメールは、送るわけにいかないから。——仕事の邪魔はしたくない。

会えるものなら会いたいけれど、……難しいよな。

「例のバイオリン、植村さんにメンテナンスしてもらったんだって？」

ふっ切るようにソファから立ち上がり、佐智が『BLUE ROSE』に近寄ると、
ギイがにやりと水を向ける。

「弾いていいぞ」

バイオリン弾きはどうしても、バイオリンを目にすると、それがどんな音を出すのかが気になるイキモノなのである。

稀代《きたい》の天才バイオリニストの井上佐智ですら、例外ではない。

「では、お言葉に甘えて」

佐智がケースに手を掛けたとき、耳聡《みみざと》いギイが、

「あ。クルマのエンジンの音がする。うちに来客だ。佐智、弾くのちょっとストップ」

佐智はドキリと手を止める。サプライズ好きのギイのことだ、——もしかして？

だが、次にギイの口から出た科白《せりふ》は、

「島岡に頼んで、バイオリンの持ち主のジェイコブを連れてきてもらったんだよ。せっかく佐智がハードスケジュールの合間を縫って我が家に来てくれるなら、ぜひともふたりを引き合わせねばとね」

「……えええ？　それ、大きなお世話だよ義一くん」

がっかりしたのを隠すように、佐智は大袈裟《おおげさ》にうんざりとして見せる。

だが、バイオリンが弾けない持ち主に、手放したバイオリンがどんな音を出すのかを、聴かせてあげられるのもバイオリニストの大きな喜びのひとつである。


予定よりかなり到着が遅くなってしまったが、伝えられていたとおり、家の前の駐車場のスペースはちゃんと一台分あいていた。一回のハンドル操作でスペース内にきっちりと停め、外へ出ると、家の中から僅《わず》かにバイオリンの音が漏れて聞こえた。

その音を耳にした途端、思わず口元がほころんでしまう。

「相変わらず、魅惑的な音だな、佐《さ》っちゃん」

そして、佐智が最も愛している（方々の花屋から掻き集めた）ブラックティの巨大な薔薇の花束をバサリと肩に担ぐようにして、漏れ聞こえる音に心と耳を傾けながら、男は長身に比例した大きなストライドで玄関へと闊歩した。

本書は二〇一四年十二月に小社より刊行された単行本に
書き下ろし短編を加え、角川文庫化したものです。

崎義一《さきぎいち》の優雅《ゆうが》なる生活《せいかつ》
BLUE《ブルー》 ROSE《ローズ》

ごとうしのぶ

平成31年 3月25日 初版発行

発行者●郡司 聡

発行●株式会社KADOKAWA
〒102-8177 東京都千代田区富士見2-13-3
電話 0570-002-301(ナビダイヤル)

角川文庫 21546

印刷所●株式会社暁印刷
製本所●株式会社ビルディング・ブックセンター

表紙画●和田三造

◎本書の無断複製（コピー、スキャン、デジタル化等）並びに無断複製物の譲渡および配信は、著作権法上での例外を除き禁じられています。また、本書を代行業者などの第三者に依頼して複製する行為は、たとえ個人や家庭内での利用であっても一切認められておりません。
◎定価はカバーに表示してあります。
◎KADOKAWA カスタマーサポート
［電話］0570-002-301（土日祝日を除く 11 時～13 時、14 時～17 時）
［WEB］https://www.kadokawa.co.jp/（「お問い合わせ」へお進みください）
※製造不良品につきましては上記窓口にて承ります。
※記述・収録内容を超えるご質問にはお答えできない場合があります。
※サポートは日本国内に限らせていただきます。

©Shinobu Gotoh 2014, 2019 Printed in Japan
ISBN 978-4-04-107130-4 C0193